アウターQ

弱小Webマガジンの事件簿

澤村伊智

双葉文庫

目次

笑う露《ろ》死《し》獣《じゅう》

一

【タイトル】

謎の落書きを再調査してみた
【リード】

小学校の近くにあった公園の遊具に、突如として現れた謎の落書き。誰が書いたのか、何を意味しているのか。アホな小学生男子（ボク含む）はただビビり倒すことしかできなかった。でも大人になった今なら、きっと――

【本文】

あけましておめでとうございます。二〇一六年もよろしくお願いします。「食わずぎライター」こと湾沢陸男《わんざわりくお》です。とはいえ食わず嫌いネタの記事もあらかたやりつくしたので、こう名乗るのもどうかと思ってるんですけど。高菜マヨ丼最高！　水餃子《すいギョーザ》おいしい！

つまりもうネタがないのである。ウェブライターの道を駆け出してすぐこの有様。早くも立ち込める暗雲、そして途絶えるオファー。

ごめんなさい、そもそも原稿依頼なんてこの『アウターQ』からしか来てません。ぶっちゃけ盛りました。もうなりふり構ってられないんです。そんくらい生活がヤバいんです。

そんなボクの危機を察した『アウターQ』のヤサカ編集長から、こんな指令が届いた。

〈来週水曜〆切で一本。お題はフリーで大丈夫です〉

いや、本当は担当編集のウズマキさんから届いたんだけど。

さてそんな崖っぷちのボクはない知恵を絞って……いや、もうタイトルとリードで書いてるからいいですね。本題行きます。

というわけで土曜のある日、ボクは母校の小学校からほど近い、通称「パンダ公園」を訪れたのである。実に十五年ぶりだ。中学に上がると同時に学区外に引っ越してしまったので、その間、近くを通ったことすらなかった。

…………

【写真Aキャプション】

●もちろん通称の由来は「パンダの遊具が置いてあるから」だ。そのまんま！

※　※

「どこだっけな」

僕は震えながら件《くだん》の落書きを探していた。公園には自分たち以外誰もいない。この寒さのせいだろう。空気は冷たく、風は強かった。僕はマフラーで口元を隠す。

パンダ公園、正式名称「伊南町《いなまち》こども公園」は思い出より狭かった。パンダの遊具も、馬の遊具もカエルの遊具も一様に小さい。大人が乗ったら危険なレベルで小さい。そう感じるのは僕が大きくなったせいだろう。

よく聞く話だ。子供の低い目線と狭い視野が、世界を実際より大きく広く見せているわけだ。通学路やその途中にある公園を「探検」できてしまうくらいに。だが今は違う。

二十七歳の僕にはパンダ公園は小さい。一六〇センチの小柄でもそう感じる。それに思い出を割り引いてしまえば、どこにでもあるような公園に過ぎない。

にもかかわらず、例の落書きは見つけられずにいた。記憶があやふやなせいもある。ベンチの背もたれだったような気もするし、滑り台の階段だったような気もする。ひょっとしてこの公園ではなかったか。別の場所とごっちゃになって記憶しているのか。

不安がよぎった時、

「あったあ」

妙に反響した声が聞こえ、僕はカエルの遊具から顔を上げた。同じ声が「リクくんリクくん」と何度も僕を呼ぶ。

公園の一番奥。赤、青、黄色に塗り分けられた三本の土管が積まれている。

黄色い土管からジーンズの長い脚が突き出していた。声はそこから聞こえていた。

駆け寄ると同時に、井出《いで》さんが颯爽《さっそう》と土管から滑り出た。井出和真《かずま》。高校の二つ上の先輩でありライターの先輩でもあり、つい三ヶ月前、勤め先の会社が潰《つぶ》れて路頭に迷っていた僕を、この世界に引っ張り込んだ張本人だ。

井出さんは白いタンクトップをパンパンとはたくと、

「いっぱいあったよ、アレ」

と爽《さわ》やかな笑顔で言った。男の自分でも見蕩《みと》れてしまうほどの美形。いわゆる「甘いマスク」だ。しかも背が高く逞《たくま》しい。高校の時はファンクラブまであった。

「でさ」井出さんは嬉《うれ》しそうに、「やっぱりアレ系もあったけど書いてるの子供だからさ、絶妙にアレなんだよ、だから……ぷっ」

ぷはははは、と途中で笑い出す。一九〇センチ近い長身を折って、目には涙を浮かべて大受けしている。一人で。

井出さんはいつもこんな調子だ。何を言っているのかよく分からない。僕なんかに仕事を斡旋《あっせん》してくれるくらい優しいし、今日だって自分からカメラマンを買って出てくれた。そもそもを言えば仲良くなったきっかけも、高校一年の時に彼に助けてもらったからだ。感謝してもしきれない。だが会話するのは未《いま》だに難しい。この季節にタンクトップなのもおかしい。

見ているだけで寒くなる。

僕は彼の言葉を頭の中で整理して、

「落書きが中にあるんですね？　エロいのも」

と訊《き》いた。

「そうそう」井出さんは涙を拭《ぬぐ》うと、「あとヤンキーみたいなヤツ？　『愛する女の為ならばこのアレをアレして』みたいなのもあったし。なんでこんなアレなところに書くんだろうね。練習かな？　実際あの何だっけ、アイエヌジー的なやつがすごいアレで」

「……レタリングですか？」

口を挟むと、彼は「うん」とうなずいた。落ち着いたらしく黙りこんで、きょろきょろと辺りを見回し、地面に転がっていた一眼レフを拾い上げる。

「どれ撮る？　全部？　それともアレ系とヤンキー系？」

「ええっと……とりあえず見てみますね」

カチカチと一眼レフの設定をいじる井出さんを横目に、僕は黄色い土管に頭を突っ込んだ。途端に懐かしい気持ちが込み上げる。遅れて記憶が甦《よみがえ》る。そうだ、僕はここに何度も入った。ある時はクラスの仲間と、ある時は一人で。

土管の中に這《は》いつくばる。長さは三メートルくらいだろうか。向こうには外が見える。でもあの頃の僕にとっては長い長いトンネルだった。秘密基地だったし地底王国だった。きっと子供たちみんなにとってそうだったろう。

ノスタルジックな気分に浸《ひた》りながら這い進んでいると、背後――というより足元から、井出さんが「その辺その辺」と声をかける。僕は狭い土管の中で仰向《あおむ》けに体勢を変える。

いくつもの落書きが、土管の内側に書かれていた。太い文字はマジック、細いのはボールペンで書かれたものだろうか。激しく書き殴られた一文に焦点が合う。

〈ちんぽ　女のやつに入れてやる〉

僕は早速噴き出してしまった。さっき井出さんが言っていたのはこれのことだろう。「女のやつねえ」とつぶやくと、井出さんがまたぷははと笑い出すのが聞こえた。

僕は頭の上に広がる落書きに、順番に目を通した。

〈愛する女の為ならば　散らせて魅せましょ此の命〉

〈はじめましてわたしは誰とでもSEXするヤリマン女ですこちらに連絡してください↓070××××××××〉

〈TT大好き〉〈蠍《さそり》地獄〉〈蝮煉獄《まむしれんごく》〉〈愛羅武勇《あいらぶゆー》〉〈たけし参上〉〈第六天魔王〉〈道端《みちばた》三姉妹〉

どれも興味深い。昔に書かれたものも、ここ最近らしきものもある。単語一つ一つに時代が感じられる。「たけしとは誰だ」「何故ここに道端三姉妹と書きたくなったのだ」などと突っ込みたくもなる。今の思考をそのまま文章に起こせば、ある程度は書けるだろう。

でも肝心の落書きは見当たらない。僕たちを震え上がらせ、ちょっとした噂《うわさ》にもなった

――〈露死獣《ろしじゅう》の呪文〉は。

端的に言えば意味不明な文字列だった。ヤンキーの好きそうな、おどろおどろしく画数の多い漢字ばかりが並んでいた。正確な字句は覚えていない。ただ最後に書かれた三文字だけは今でも思い出せる。

〈露死獣〉。

もちろん言葉の意味は分からなかったし、今でも分からない。でも僕もクラスメイトも、なんとなく認識するようになった。これは署名、書いたヤツの名前だ、と。

だから落書きはいつしか〈露死獣の呪文〉と呼ばれるようになった。僕らの間ではそれで通じるようになった。当然のごとく、露死獣とは何者か、呪文は何を意味しているのか、あれこれ仮説を披露するようになった。

ヨコシンの仮説は「あれは暴走族の名前らしい。オガタさんが所属している」というものだった。オガタさんは近所で有名な不良で、よくノーヘルで原付を乗り回していた。それなりに説得力がある説だったが、本当にそんな名前の族があったかは誰も知らなかった。

くっちゃんの仮説は「あれは死神の名前だ。二十歳までこの呪文を覚えていると、枕元に露死獣が現れて殺されるらしい」だった。よくある都市伝説を取り混ぜたものだが、当時の僕らには深刻だった。怖くなかったと言えばウソになる。

「あった？　なんだっけアレ、えーと、ロシナンテ的な」

井出さんが半笑いで訊くのを「露死獣です」と返し、僕はずるずると先に進みながら土管の中を確認する。見つからない。ここでもないらしい。となると。

土管の反対側から這い出ると、僕はすぐさま青い方の土管に潜り込んだ。今度は最初から仰向けになって、端から少しずつ調べていく。向こうからパシャパシャとシャッターを切る音がする。僕を撮っているらしい。そうだ、こういう動きのある写真もウェブ記事には必要だ。僕が忘れていたことを、井出さんはちゃんと進めてくれている。

申し訳なさと感謝の気持ちが湧き上がったところで、見覚えのある字面が目に留まった。はっ、と大袈裟《おおげさ》な声が漏れてしまう。

字は薄くなっていた。意外に丸い文字だった。それでもいざ目《ま》の当たりにすると、あの時の不安や怯《おび》えが甦った。視線を逸《そ》らせなくなった。

覇覇覇
痴惨痴痴
酔蹴刃魔
汰賭苦那
軀血緋忌
露死獣

やっと見つけた。安堵《あんど》よりも興奮と緊張が先に立つ。今見ても不可解で不気味だ。

上ずった声で井出さんを呼ぶと、彼は反対側からヘッドスライディングで滑り込んできた。ザザザと派手な音が土管の中にこだまする。井出さんの整った顔が物凄い速度で迫って、鼻先で止まる。「これです」と指し示すと、彼は上を見て「おおっ」と感嘆の声を上げた。真剣な表情で〈呪文〉を眺め、しばらくして小声で読み上げる。

「ははは、ちさんちち、すいしゅうじんま、たとくな、くけつひき……ろしじゅう」

漢字を音読みしただけだ、とすぐ分かった。当時の僕らもそう読んでいたことを思い出す。熱心に辞書を引いたことも、結果として余計に不安になったことも。特に最初の三文字に。

「ははは、って」井出さんは真顔で、「これ普通に考えて笑ってるのかな?」

「そう思ってました、僕もみんなも」

「へえ。確かに呪文っぽいね。いやもちろん実際のアレがどうとかじゃなくて雰囲気的に要はヤバそうだってこと。だから呪文」

「ええ」

現実の呪文がどんなものかは知らないが、呪文と呼ぶに相応《ふさわ》しい雰囲気はある。だから呪文だ、と言っているのだ。緊張して頭が冴《さ》えているのか、井出さんの言葉が不思議と理解できた。

「じゃあ、これを撮影――」

「しっしっ」井出さんは「あっちへ行け」の手振りをすると、「そこどいて。撮れない」とピリッとした口調で言った。

土管の中でシャッターがパシャパシャ鳴るのを傍《かたわ》らで聞いている間、僕は記事について思案した。どう落とすべきだろう。クラスメイトの仮説を披露して、思い出話を書いて、「あの頃の僕らはビビリだった」とでも落とせばいいだろうか。〈露死獣〉の正体を大真面目に探る時間はないし、あったとしても探り方が分からない。

いや――分かった。思わずポンと拳で掌《てのひら》を叩《たた》く。

「ピンと来た方は編集部までご一報を！」と落とせばいいのだ。記事を読んだ誰かが気付くかもしれない。あるいは知っているかもしれない。要は集合知に頼ればいいのだ。丸投げ、ぶん投げと言ってしまえばそれまでだが、ウェブ記事の特性を考えればアリだろう。

これでオチは決まった。あとは途中の構成を詰めればいい。とりあえず他の落書きも載せて、オーソドックスに突っ込んでいけば体裁は整う。となれば井出さんに写真を――

「ちょっと」

鋭い声が飛んだ。土管の反対側に、年老いた小柄な女性が立っていた。不審げな視線を僕に向けながら、

「何やってるの。さっきから」

と訊いた。

「あっすみません」僕はとっさに謝ると、「ネットの取材で」

「ネット?」

女性の顔はますます険しくなった。「何のネット? 取材? うろうろしてるだけじゃないの。ずっと見てたけど」

「いや、本当なんです」

名刺を忘れたことに今更のように気付いた。『アウターQ』はお世辞にも有名とは言えないから、名前を出しても通じないだろう。困った、打つ手がない。

「事前に許可は取ったの? ここ、市の管理だけど」

女性は腰に手を当てて僕を睨《にら》みつける。許可なんか取っていない。言わばゲリラだ。場所は特定しないから大丈夫です、と喉《のど》まで出かかる。本当に大丈夫かどうか確信はない。言えば余計にややこしくなる。

ザザッ、と軽快な音を立てて、井出さんが土管から現れた。

「ん? どうかした?」

カメラを肩に掛けて僕を見る。向かいの女性に気付いて、「あっどうも」と笑顔でお辞儀する。

「ここで何をしてるの?」

女性は念を押すように訊いた。じろじろと井出さんの全身を眺め回す。

井出さんは少しも怯《ひる》まず、胸を張って堂々と、爽やかに言った。

「ちょっとアレをアレしてたんで」

最悪の回答だ。不審者以外の何者でもない。僕は頭を抱えた。

二

……ボクの頭に当時の記憶がフラッシュバックした。

「ひょっとしてオノさんですか？　公園のすぐ向かいの」

「えっ、そうだけど」

オバさんは答えた。驚いてはいるけど警戒を緩めているっぽい。これはチャンスだ。

「ボクそこの学校に通ってたんですけど、昔オノさんのええと、旦那さん？　と何度も話してて。帰り際に挨拶《あいさつ》とか、ここで遊んでる時に雑談したりとか。すごい優しいオジイさんだなって。あと、よく公園のゴミ拾ってらっしゃいましたよね」

「ええ、そうよ」

彼女は何度もうなずいた。

オバさん（以下「オノ夫人」）は公園の前の家にお住まいの女性。もう二十年以上も、この公園の様子を見守っていらっしゃる方だ。

「最近はここで遊ぶ子も減っちゃってね、主人も晩年は寂しがってたわ。『子供は風の子ってもう死語なのかな』って」

ボクの記憶にある「優しいオジイさん」、つまり彼女の旦那さんであるオノ氏は、二年前に病気で他界されたという。オノ夫人は目を潤ませてオノ氏の、そして公園にまつわる思い出話を訥々《とつとつ》と語ってくれた。

公園を後にする。オノ夫人と挨拶して別れる。寒空の下を歩いていると、不意に時の流れを実感した。

オノ氏はもういない。子供たちはパンダ公園で遊ばなくなった。時の流れは残酷だ。

でも〈露死獣の呪文〉は今も青い土管の内側にある。

そしてボクの心に今も焼き付いている。

なんとなくしんみりしたところで終わります。今年もよろしくどうぞ。


（取材・文／湾沢陸男）

【写真Jキャプション】
●オノ夫人。笑顔が素敵な女性でした。「夫はここで遊ぶ子を気にかけてたみたい。痴漢が出没した時期もあったし」
【写真Kキャプション】

●小さな公園にも歴史はあるし変化もある。シーソーに乗りながらその重みを嚙《か》み締めるボクであった
【写真Lキャプション】
●ラストに再掲。この〈呪文〉にピンと来た方は編集部までご連絡ください

※　※

水曜日の朝に記事を書き上げ、担当のウズマキさん宛に写真と一緒に送ってから、僕は床《とこ》に就いた。そして夢を見た。

ヨコシン、くっちゃんの二人と、パンダ公園で遊んでいる夢だった。遊具は速攻で飽きてしまい、ベンチに座ってカードゲームを始める。「キャベツ」と字だけ書いてあるカードが最強で、その次が「女のやつ」という、いかにも夢らしいカードだった。

途中から年老いた男性が交じっていた。オノ氏——「優しいオジイさん」こと小野《おの》さんだった。柔らかい笑顔。穏やかな口調。「ほうほう」という口癖。

小野さんは途中から、カメラで僕たちを撮っていた。

全てが懐かしかった。小野さんだけではない。ヨコシンのひょうきんな振る舞いも、くっちゃんの聡明《そうめい》な口ぶりも——

目が覚めるとやけに暗かった。寝すぎたか。僕は手探りでスマホを摑《つか》んだ。時刻表示は午後六時。十二時間近く眠っていたらしい。さすがに寝すぎだ。ぼんやりした頭で反省したところで、ようやくショートメール受信の表示に気付く。

送り主は『アウターQ』編集長の八坂《やさか》さんだった。

〈至急弊社までお越しください。記事に関してご相談したいことがあります。お越しの前に一度ご連絡を〉

一気に目が覚めた。何度も何度も文面を読み返す。理由は分からないが、これは「編集長からの呼び出し」だ。言語化すると余計に深刻に思えた。

僕は「やらかした」のか。

午後七時。都心のマンションの五階、エレベーター前の一室。八坂さんの事務所、兼『アウターQ』編集部オフィスにて、

「いただいた記事のアップは保留します」

スキンヘッドの八坂さんはオフィスチェアに身体《からだ》を預け、淡々とそう言った。蛇のような顔からは心理も感情も読み取れない。

「えっと……」

僕は隣に座る井出さんに目を向けた。今日のタンクトップは黒だ。取材帰りなのかカメラバッグを膝に載せている。彼は「はて」と言わんばかりの顔で、

「何かアレしちゃいましたか」

と訊いた。「写真になんかアレとか、原稿が特定のアレを」

写真が肖像権を侵害したのか、それとも原稿が特定の個人や団体を誹謗《ひぼう》中傷するような内容になっていたのか。心当たりは全くないが、井出さんが言いたいのは大体こんなところだろう。

八坂さんは無言だった。気分を害したのだろうか。しばしの沈黙の後、彼は口を開いた。

「この原稿では不十分です。続きが要《い》る。最後まで書いていただく必要がある。この題材であれば論理的にそうなります。現状では足りない」

僕は緊張しながら返す言葉を探る。続きとは何だ。最後までとは。

「お分かりになりませんか？」

八坂さんは右目の上を動かした。眉毛がある辺りだ。つまり片眉を上げているのだ。眉毛がないので分かりにくいが、怒っている。控えめに言ってもムッとしているかカチンと来ている。どうしよう。でも何も思い付かない。井出さんは顎《あご》に手を当てて「んー？」と考え込んでいる。

ぎい、とチェアを鳴らして、八坂さんは身体を起こした。デスクの紙を手にすると、僕たちに差し出す。僕は両手で受け取って覗《のぞ》き込む。

紙は井出さんの撮った〈露死獣の呪文〉の写真をプリントアウトしたものだった。漢字の横に白い文字でルビが書かれていた。修正液だ。それも結構な達筆だ。

覇《は》覇《は》覇《は》
痴《ち》惨《さん》痴《ち》痴《ち》
酔《すい》蹴《ける》刃《は》魔《ま》
汰《た》賭《か》苦《く》那《な》
軀《く》血《ち》緋《ひ》忌《い》
露《ろ》死《し》獣《じゅう》

「あれ」井出さんが首を傾《かし》げて、「この読みで合ってるんですか？」と訊く。

「ええ、もちろん」八坂さんは再び椅子にもたれ、「というより、そう読まないと解けない」と、またよく分からないことを言った。

　僕と井出さんはまじまじと〈呪文〉を見つめる。ルビの一つ一つに注目し、次に全体を俯《ふ》瞰《かん》する。音読み訓読みが混在しているし、「蹴」の読みは厳密には正しくない。それにこのルビどおりに読んだとしても意味が全然――

「あー！」井出さんが叫んだ。満面の笑みで八坂さんに、

「これアレだったんですね！」

と言った。全然分からない。戸惑っていると、八坂さんがゆっくりとうなずいた。

「い、井出さん、どういうことで――」

「アレだよあれ、算数！　で住所！」

「は？」

井出さんは〈呪文〉を指でサッサとなぞりながら、

「横に読むと算数になるの、で並べたら住所になるのこれ。なーるほどねえ」

と楽しげに歯を見せる。僕は再び〈呪文〉に視線を落とした。途端に視界がパッと開ける。

〈呪文〉を横書きの文章として、左上から右へと読み上げる。

「ろくたすいちは」

「そう」井出さんがうなずく。

「しちかけるさんは」

「そう」

「じゅうひくはちは」

「そう！」

「い……いなまち」

「それ！」井出さんはガッツポーズした。僕も思わず笑顔になる。算数――数式だったのだ。

「覇覇覇」は笑い声ではなく「イコール」のことで、「露死獣」は署名ではなかったのだ。

そして各数式の答え、「七」「二十一」「二」を順に並べ、最後の読みを一番上に持ってくると「伊南町七‐二十一‐二」。つまり住所だ。

「暗号ですよ、それも小学生レベルの。なぞなぞやクイズと言った方がいいのか」

八坂さんは無表情で溜息を吐《つ》いた。

「凄いですね、すぐアレしたんですかこれ」

井出さんが感心しながら訊く。

「ええ」八坂さんはにこりともせず、「ファミコンを買ってもらえなかったガキは、往々にしてクイズにハマるんです。解くだけでなく自分で作ったり」と答えた。

本当かよ、と一瞬思ったけれど、肝心なのはそこではない。僕はプリントアウトを見つめた。これは住所だ。八坂さんは「続き」をご所望らしい。つまり。

「この住所に行け、ということですね」

僕は訊いた。

「当然です」

八坂さんは腕を組むと、「ギャラはご相談させてください。〆切は『なるはや』にしておきましょう。最後まで原稿を書き終えて、答えを教えていただきたい。ファミコンを買ってもらえなかったガキはね、クイズの正解が分からないとウズウズして他のことが手につかなくなるんですよ」と、不機嫌そうに言った。

三

オフィスを出たその足で、僕は〈呪文〉ならぬ〈暗号〉が示す住所へ向かった。井出さんが当然のように付いて来たので、「ここから先は自分だけで」と固辞すると、

「これアレだよね？」

彼はピリッとした口調で言って、提《さ》げていたカメラバッグをポンポンと叩いた。胸が熱くなるのを感じながら、僕は「すみません本当に」と頭を下げた。

〈暗号〉の住所にあったのは、住宅街の一角の小さな公園だった。スマホの地図アプリには「伊南町ふれあい公園」と表示されていた。鉄棒とネットで覆われた砂場、そしてベンチが一つあるだけの、老人が散歩の休憩に使うような公園だった。パンダ公園からそう遠くない。

となると――

僕と井出さんはスマホのライトを頼りに、乏しい遊具を調べて回った。

「あった！」

探し始めて十分も経《た》たないうちに、井出さんが叫んだ。ベンチの下に寝そべりながら、彼は僕を手招きする。

覇覇波刃
痴龍痴死
蛇橙刃波
露賭血舞
獣血緋賭
露死獣

ベンチの裏側にこう書かれていた。同じ筆跡、ほぼ同じ構成、そして〈露死獣〉の文字。ライトに照らされた文字はかなり薄れていたけれど、これが全文らしい。

こういう展開か、と僕は思った。これも間違いなく〈暗号〉だろう。解読したらまた住所が出てきて、そこに行けばまた〈暗号〉が見つかるわけだ。パターンが見えてしまえば簡単だ。最終目的地はどこだろう。そこに何が待っているのだろう。過程をすっ飛ばして早くもゴールを考えてしまう。

公園を後にすると、僕たちは表通り沿いにあったファミレス「ウィリアムズ」に向かった。すぐに〈暗号〉を調べたかったせいもあるし、夕食を食べそびれていたせいもある。そして赤地にオレンジで書かれた「W」の看板に、懐かしさを覚えたせいもあった。小学生の頃、親に連れられて何度か足を運んだ記憶があった。

そびえ立つ看板の白い柱の前を横切り、煉瓦《れんが》造りを模した階段を上って入り口をくぐる。颯爽と現れた店員にVサインを作って人数を伝える。

席についてすぐ、井出さんは一眼レフからSDカードを抜いて、ノートパソコンに差し込んだ。写真データを移す。店員に注文を済ませると、僕たちはディスプレイを覗き込んだ。

「んー？」

井出さんは首を捻《ひね》った。「これさ、横に読んでも算数にならないね」

「ええ」僕も首を捻る。「ろじゅうろだちは、しちと……無理ですね。音訓変えても……」

「無理っぽいね」

太い腕を組むと、井出さんは、「アレを変えてきてる」と唸《うな》った。僕はうなずく。今度の〈呪文〉は、別の〈暗号〉を採用している。つまり解き方が違うのだ。

ハンバーグセットを食べている間も、僕はディスプレイを睨みながら解法を探った。井出さんはステーキセットを一瞬で平らげ、紙ナプキンにペンを走らせて悩んでいた。

終電ギリギリまで粘ってみたものの、〈暗号〉は解けなかった。漢字を分解したり、並べ替えたり、音読みにしたり訓読みにしたり、ローマ字にして並べ替えてもみたけれど、すべて徒労に終わった。備え付けの紙ナプキンは試行錯誤の殴り書きで、全部真っ黒になってしまった。

「算数じゃないってことは」

駅に向かう間も井出さんは考えていた。

「社会とか理科とか？　アレは小学校でも習うんだっけ今？」

「……英語は習うところもありますけど、違うと思いますよ」

僕は首を振る。井出さんのアプローチはそれなりに説得力があるけれど、この〈暗号〉は少なく見積もっても十五年前、僕が小学校の頃に書かれたものだ。英語はまだカリキュラムに導入されていなかった。そう伝えると、

「あーそれ、全然アレしてなかったわ」

井出さんは悔しそうに頭を掻《か》いた。

駅で彼と別れ、電車を乗り継いで帰宅し、風呂を済ませた頃には深夜一時を回っていた。布団に潜り込んでも眠れなかった。よくあることだ。不安のせいだ。この仕事を続けられるのか、可能だとして続けていいのか。もっと安定した仕事の方がいいのではないか。事実、今月はかなりヒマだ。ヒマだと不安になる。

僕は迷いを振り払い、今抱えている仕事について考えることにした。瞼《まぶた》の裏に二つの〈暗号〉が浮かぶ。〈露死獣〉の三文字が。そして〈覇覇覇〉〈覇覇波刃〉が。

これはこれで不安だ。不気味だ。このまま寝ると夢に出そうだ。僕は電気を点《つ》けてスマホを摑んだ。適当にSNSを巡って気を落ち着ける。そこでふと気になってしまう。

ヨコシンとくっちゃんはどうしているだろう。横倉慎二《よこくらしんじ》と九条祐希《くじょうゆうき》は。二人に〈露死獣

の呪い〉について教えたら、どんなリアクションをするだろう。

引っ越して以来一度も会っていなかった。どこで何をしているかも知らない。でも今なら探すことができる。それも簡単に。

スマホを摑み、フェイスブックにログインして「横倉慎二」を検索した。

同姓同名で登録しているアカウントが三つヒットする。うち一つのプロフィールが全体に公開されている。生年月日、母校、出身地。どれもヨコシンと矛盾しない。

プロフィール画像はビール片手に笑っている男性の上半身だった。犬歯《けんし》がひときわ目立つ特徴的な笑顔に、僕は確信した。この横倉慎二はヨコシンだ。

すぐに友達申請をしてメッセージを送り、僕は続いて「九条祐希」を検索した。二人がヒットしたけれど二人とも明らかに違う。一人は十歳までフランスにいたというし、もう一人は女性だった。

ひと仕事終えたような気分で、僕はスマホを枕元に置いた。途端にスマホがピロリンと鳴る。液晶には「横倉慎二さんがあなたを友達承認しました」「メッセージが一件あります」と表示されていた。

〈ワンワンお久しぶり！　ヨコシンです。びっくりした！〉

メッセージを読んで苦笑してしまう。僕の当時の渾名《あだな》はワンワンだった。高校までずっとそうだった。「陸男」より「湾沢」の方が印象に残るからだろう。出席番号順だと絶対最後になる苗字の方が。世の中には「椀目《わんめ》」という更に凄い人もいるらしいけれど、実際に会ったことはないし、ましてや同級生にはいなかった。

〈ワンワンです（笑）急に申し訳ないです〉

メッセージで近況を報告しあう。ヨコシンは千葉の水産食品メーカーに勤めているらしい。具体的には焼き海苔《のり》と味付け海苔の企画開発。あの当時は「構成作家になりたい」と言っていたような気がしたが、訊《たず》ねるのは止《や》めておいた。

メッセージを送るとすぐに返事がくる。近況報告が凄《すさ》まじい速度で進む。知らぬ間《ま》にニヤニヤしていた自分に気付いて呆《あき》れたけれど、楽しいのは事実だ。ヨコシンもそうなのかもしれない。

〈くっちゃんとは繋《つな》がってる？　九条祐希。よく一緒に遊んでた〉

僕は流れでそう訊いた。少し間が空いて返信が届いた。

〈そっかワンワンは知らないか。あいつ中二の時に亡くなった〉

半笑いのまま硬直していたことに、僕はしばらく経ってから気付いた。部屋が寒い。突き放されたような感覚に襲われる。

くっちゃんが死んだ。勉強ができてクールで、でもたまにボソッというギャグが抜群のセンスで、塾でも成績上位でピアノも弾けて――

〈なんで？〉

〈車に轢《ひ》かれて〉

そっけない答えが返って来る。短い一文を見つめていると、普段はまるで働かない頭が、言外の意味を掴んでしまう。〈どういうこと？〉と訊いてしまう。

今度の返信はさっきよりもさらに間が空いた。

〈歩道橋から飛び降りて轢かれて。その前から学校休みがちになってて。引きこもりってほどじゃないけど〉

決定的な言葉を避けているのが分かった。

〈そうなんだ。ごめん、何も知らなくて〉

謝るのも変だと思いつつ、僕はそう返した。他の言葉は思い付かなかったし、返信しないのも心苦しかった。

〈ワンワンは悪くないって。すまんな〉

当たり障《さわ》りのないやり取りがしばらく続いて、ヨコシンが〈ではでは〉と返した。僕は〈これからもよろしく〉と送る。終了だ。電気を消して布団に寝そべる。もちろん全く眠れなかった。

くっちゃんの死は完全な不意打ちだった。勤めていた会社の後輩が事故死したことがあったけれど、正直それよりも衝撃だった。

あの博識だったくっちゃんが。穏やかだった彼が。漫画にもアニメにも詳しかった彼が。

ゲームも強かった彼が。テレビゲームだけでなくカードゲームも、それどころか運任せのはずの双六《すごろく》さえ強かったくっちゃんが。トランプだって強かった。ババ抜き、大富豪、七並べ、神経衰弱、ポーカー――

起きたら午前十一時だった。昨夜のことを思い返し、ヨコシンに〈露死獣の呪文〉について伝えそびれたことに思い至る。それが本題だったはずなのに、くっちゃんの件で完全に頭から飛んでしまっていた。

四

天井を眺めながらつらつら考えていると、頭の中でカチリとパーツがはまった。直後に一筋の光が差した。ガバリと勢いよく飛び起きて、僕は慌ててノートとペンを探した。

覇覇波刃
痴龍痴死
蛇橙刃波
露賭血舞
獣血緋賭
露死獣

気付けば一瞬だった。これもまた小学生レベルだった。二つ目の〈暗号〉は神経衰弱だったのだ。二つの同じ漢字を消していくと、五つの漢字が残った。

〈龍〉〈蛇〉〈橙〉〈舞〉〈緋〉

ここからは五分で済んだ。単純に並べ替えただけで、一つの意味が浮かび上がった。分かったと同時に僕は「ウソだろ」とつぶやいていた。

〈緋〉〈橙〉〈蛇〉〈舞〉〈龍〉

緋《ひ》とは赤のことだ。橙《だいだい》は当然オレンジだ。

そして残り三文字を音読みすれば「だ」「ぶ」「りゅう」——

「いやー、そっちだったかあ」

午後三時。昨日来たばかりのウィリアムズで待っていると、井出さんがやって来るなりそう言った。何に対して「そっち」なのだろう、と一瞬思ってすぐに気付く。小学生の「勉強」ではなく「遊び」だった、と言いたいのだろう。

僕はすぐ側の大きな窓ガラス越しに看板を見る。赤地にオレンジの「W」。第二の〈暗号〉が示す場所はまさにここだったわけだ。

つまり昨日の僕たちは目的地にいながら、目的地が分からず困っていたことになる。間抜けな話だ。ヨコシンとやり取りしていなければ、ずっと気付かなかったかもしれない。くっちゃんについて訊き、彼について思いを馳《は》せなければ。

くっちゃんが教えてくれた。言葉にすると陳腐だけれど、僕はそう考えていた。彼が何故どうして、と未だに気にはなっていたけれど、単なる偶然だとは思いたくなかった。

「すみません、店長さんというか、今の時間で一番偉い人にご相談したいんですが」

僕は店員を呼び出して訊ねた。店員が奥に引っ込んでしばらくして、いかにも仕事のできそうなパリッとした中年男性がやって来た。名札には「店長　日浦《ひうら》」と書かれている。

僕は立ち上がって氏素性を名乗り、事情を説明し、用件を伝えた。ここに暗号があるかもしれない。おそらくはホールにある。調べさせてもらえないか。決して他のお客に迷惑は掛けない。

向かいの井出さんは終始無言で、最後の最後に立ち上がって「お願いします、すぐ済みますので」と真剣な顔で頭を下げた。赤いタンクトップ以外は真面目そのものだった。

「生憎《あいにく》ですが」日浦店長は眉一つ動かさず、「こちら五年前に内装を全面改装しておりまして、その暗号が残っていることはまずないかと」そう慇懃《いんぎん》に言った。改装時、すでにここの店長に着任していて、前後の様子も知っているから間違いない、とも。

「うわあ、そっちかあ」

井出さんは額《ひたい》を叩いて、「それアレしてなかったわー」と残念そうに言う。

「申し訳ありません」

日浦店長はわずかに顔を歪《ゆが》めて、

「食わず嫌いの記事は非常に楽しく拝読しておりましたので、可能な限りご協力したかったのですが」

と言った。感情が湧き起こってお礼を言おうとした時には、彼は目の前から消えていた。

バックヤードに消える彼の背中が一瞬だけ見えた。

お礼代わりにデザートとドリンクを平らげ、その様子を写真に撮ってから、僕と井出さんはウィリアムズを後にした。会計を済ませ、重いドアから外へ出る。煉瓦風の階段を下りると、冷たい風が頰に当たった。

「これ、続きどうする?」

井出さんが訊いた。珍しく身体を縮めて寒そうにしている。

「まあ、そのまま書くしかないですよね。今までのこと」

僕は答えた。自分でも分かるくらい悲しい声になっていた。八坂編集長の顔が頭に浮かぶ。

「暗号はなくなっていた」「最後まで到達できなかった」という結論の記事を読んで、彼はどう思うだろう。顔はあのままだろうけど、きっと悔しがるに違いない。

申し訳ない気持ちを振り払って、僕は仕事モードに切り替えた。オチを付けるには写真が要る。井出さんに指示を出し、看板を撮ってもらう。アオリ気味の方がいいだろう。空はどんよりと曇っていて、ガッカリオチに相応しい。

「それも撮るけどさ」

井出さんはカメラ片手にトコトコと看板の柱に近寄ると、「ここに残念な感じで立ってよ。寄りかかってもいい。大げさにガーンって感じで」

「ギャグっぽくなっちゃいませんか?」

「深刻にアレしてもしょうがないでしょ」

井出さんはニッと歯を見せると、柱にもたれかかって「くうう」と泣き真似《まね》をした。僕は思わず笑ってしまう。

確かに彼の言うとおりだ。ガッカリではあるけれど暗く落とすべきではない。冗談みたいに悔しがった方が、内容にも『アウターQ』にもハマるだろう。柱を殴って「ちくしょう!」と叫んでいる風の写真もアリかもしれない。

井出さんはちゃんとしている。僕は全然だ。感謝と反省をしながら、僕は井出さんの反対側から柱に手を突いた。いかにも落胆したようなポーズで、

「こんな感じですか?」と訊く。

返事がない。井出さんは柱を両手で掴み、くっ付きそうなほど顔を近付けて佇《たたず》んでいた。彫りの深い顔が緊張に固まっている。

「……井出さん?」

訊いた瞬間、彼の顔がパッと輝いた。歯までキラリと光って見えた。

「そっちかあ！」

嬉しそうに叫ぶ。「くーっ、アレだったわ」と続ける。今回は何一つ分からない。

「どうしたんですか」

「リクくん」井出さんは満面の笑みで、「アレ解いたら何て出たんだっけ？」と今更なことを訊いた。僕は面食らいながらも、

「〈緋〉〈橙〉〈蛇〉〈舞〉〈龍〉、ですけど」

「それさあ」

井出さんは看板の柱を指差すと、「コレだったんだよ、店じゃなくて」と言った。

僕は「あ」と漏らしていた。すぐさま井出さんの側に回り込んで、指差している辺りを見る。「ああ」とまた声が漏れた。

×××　888　6410

井出さんの目の高さと同じくらいのところに、こう彫られていた。細く尖《とが》ったモノで、表面の塗装を削ったのだろう。小さな文字の周囲は錆《さび》で茶色く縁取られていた。

最初の三桁は、この辺の市外局番だ。つまりこれは電話番号だ。そして残りの七桁の数字は、間違いなく〈暗号〉と関係している。「ハハハ、ロシジュウ」と読めるからだ。

「完全に引っかかりましたね」

僕は溜息とともに言った。

「先入観というか、大人の感覚で見てたというか……」

「だねえ、子供なら逆に一発かも」

井出さんは後ずさりしながらカメラを構えた。確かにそうだ。〈二つ目の暗号〉が示すのはウィリアムズの看板であって店舗ではない。なのに僕らは勘違いした。ファミレスに入ること、利用することが当たり前になっているからだ。子供と——小学生と違って。

僕は当時の感覚を思い出す。ここは親と来るところで一人では入れない。友達何人かとなら大丈夫だろうけど、実行したことはない。大衆的なファミレスとはいえ、ハードルが高いと感じていたのだ。

僕が小学生ならきっと、店に入るのは後回しにするだろう。まずは看板そのもの、つまり正解に辿《たど》り着くだろう。

またしても「小学生レベル」だ。

井出さんが「オッケ！」と威勢よく言って、カメラを下ろした。「じゃ次はそれ指差して」と指示が飛ぶ。僕は言われたとおり、電話番号を指で差した。その瞬間、ふっと違和感が湧き起こった。

書かれている位置が高い。井出さんの目線くらいだから、一八〇センチくらいのところに彫られているわけだ。それに文字も小さい。

奇妙だ。ここだけ「小学生レベル」ではない。

子供の目の高さではない。子供の目に届きにくい。小学生ならせいぜい――

そう思った瞬間、僕はまたもや「あ」と口にしていた。

白い柱の、僕の胸元の高さのところに、黒で数字が書かれていた。正確には「数字らしきもの」が。

擦《こす》れて消えかかっていた。「8」「4」「0」だけがかろうじて判読できる。「4」は二重になっている。僕はしゃがみ込んだ。根元の方にも数字がかすかに残っていた。その周辺は黒ずんでいる。井出さんが「どうしたのリクくん」と朗らかに訊く。

「……何度も書かれてる」僕はつぶやいた。

「んー？」

「多分ですけどこの番号、何度も書かれて、何度も消されてるんです。それで」

僕は井出さんが最初に見つけた番号を指して、

「最終的にあそこに彫られたんです。子供の手が届かないところに、消せないように」

「店の人じゃない？」井出さんが返す。

「じゃあ何で彫ったのは放置してるんですか」

「それアレするのは手間だからね。ペンとかと違って」

ハイ撮るよ、と井出さんはカメラを構えなおした。僕は指示どおりあれこれポーズを決めながら考える。井出さんの言うことも一理あるけれど、どうも腑《ふ》に落ちない。店側が気付いていたなら、彫られた文字も消すのではないか。それこそ改装のついでにでも。

いや——とりあえず今はいい。大事なのは〈暗号〉が示す先だ。今度は電話番号だ。

撮影が済むと、僕はスマホを手にした。彫られた番号を入力し、発信ボタンを押す。井出さんが僕の横顔を撮影している。

呼び出し音が鳴り始めた。つまり今も使われている番号だ。期待と不安が膨らんでいく。誰が出るのだろうか。井出さんがカメラを下ろしてニコニコしている。

出ない。留守電にもならない。さすがにうんざりしたところで、カチ、という音がした。

「……もしもし」

かすれた女性の声がした。明らかに緊張した、硬い声だった。僕は戸惑いながら、

「すみません、私ライターの湾沢と申しますが」

「ええっ?」

女性は酷く驚いた。「え? どういうこと? え?」と繰り返す。慌てている。というより取り乱している。

「あの、どうかされ——」

「どうしてこの番号知ってるの?」

尖った声で女性が訊いた。

「この電話は何なの?」

こっちが訊きたいことを先に訊いてくる。僕は呼吸を整えて、

「失礼ですが、そちらはどちら様――」

「小野です!」

女性はほとんど叫び声で言った。「パンダ公園の! 向かいの!」と続ける。

「ええっ?」

今度は僕が驚きの声を上げた。井出さんが「おおう」と大きくのけぞった。

五

統一感のない質素なインテリア。漂う生活感。小野さんの――「優しいオジイさん」と「オノ夫人」の家に入るのは初めてだったが、不思議と安堵を覚えた。祖父母の家に通じる雰囲気があるせいだろう。

居間に通された僕たちは、炬燵《こたつ》の前で腰を下ろした。井出さんは窮屈そうに身体を縮めている。

「まだよく分かってないんだけど……」

向かいに座った夫人は険しい表情で、

「公園の落書きを辿ったら、電話番号が分かったの？　それがここの？」

「ええ」

僕はうなずいて電話台に目を向けた。くすんだ灰色の固定電話。コードがダラリと垂れている。

「それじゃないわ」

夫人は言った。かすかに首を振って、

「そこの電話じゃない。普段使ってるのとは違う……二階の」

「ええと、二つ回線引いてらっしゃるんですか？」

「そう」夫人は眉間《みけん》に深々と皺《しわ》を寄せて、

「もう一つは主人の部屋にあるの。自分専用だって言ってたわ」

と囁《ささや》いた。

僕は思わず井出さんと顔を見合わせた。「え、ってことは」と言葉が漏れる。井出さんは渋い顔で黙っている。

「滅多に使ってなかった。自分から掛けてるのは見たことないし。でもたまに掛かってきて、主人が出ていた記憶はあるわ。何の話をしていたかは分からないけど。だからさっきも、本当は出るのが怖くて、でも気になって」

言葉が尻すぼみになっていく。

僕は頭の中で情報を整理する。ここから導き出される可能性は二つある。

素直に考えるなら、「一連の〈暗号〉を残したのは小野さんである」ということになるだろう。理由——動機はとりあえず置いておくとしても、その可能性が一番高い。

もう一つは「誰かが小野さんに電話させるために〈暗号〉を残した」ということだ。これも動機はよく分からないが、決して有り得なくはない。

「じゃあ」井出さんはキラリと歯を光らせて、「調べさせていただいて構いませんか、ご主人の部屋。何か分かるかもしれない」と訊いた。

意外なほどあっさりと、夫人は「ええ、いいわ」と答えた。

彼女を先頭に階段を上る。手すりを掴みながら、彼女は心配そうに語る。

「ぜんぶそのままなの。まだ気持ちの整理がつかなくて。掃除する時以外は入らないし」

「ってことは」井出さんはにこやかに、「今日、出るのも一大決心だったんじゃないですか。アレ」と、指で電話の仕草をしてみせる。

「え……ああ、そうね。亡くなってからほとんど鳴らなかったし」

「すみません、ビックリさせて」

僕は言った。怖い思いをして受話器を取ったら、相手は僕だった。意味が分からないにもほどがあるだろう。

「ぷははは」と豪快に笑った。

夫人はクスリと笑いながら答えた。返しづらい、と思ったところで井出さんが「ぷははは」と豪快に笑った。

小野さんの部屋は二階の一番奥だった。書斎、という言葉がしっくり来る内装。壁いっぱいの大きな本棚には難しそうな本がびっしり並んでいる。コンポもスピーカーも高級なものだった。クラシックを愛好していたのがCDラックから分かる。

木製のデスクには閉じたノートパソコンが置かれていた。傍らにはデジタルの一眼レフが並んでいる。隅には固定電話が置かれていた。

「これがアレですか」

「そう」夫人は胸に手を当てて、「これもそのまんま。解約もできてなくて」

井出さんは悲しげな顔で、

「やっぱり思い出というか」

と曖昧《あいまい》に訊く。夫人は答えずにデスク脇に屈《かが》み、ヒーターのスイッチを押した。ぶおお、と温かい風が足元を流れる。

「それはもちろんあるけど、急だったから」

夫人は立ち上がって本棚を眺める。

「お風呂からいつまで経っても出てこなくて――お医者さんは心不全だって言ってたわ。七十八歳だった。寿命だって考えることにしたけど、簡単には無理ね」

何でもない調子で語る。

「どうしようねリクくん」

井出さんが訊く。僕は「ううん」と首を捻って、

「あのう、心当たりはありますか。暗号と関係してるっぽいこととか、内緒で何かやってらしたとか」

と質問した。夫人は頬に片手を添えてしばらく考えていたが、やがて顔を上げると、「全然」と首を振った。

「そういう暗い感じのことは、全然思い当たらないわ。隠し事も。優しかったし穏やかだったし、でも冗談も言うし。会話も普通にしてたし」

話しているうちに笑みが浮かぶ。夫人は幸福そうな顔で、

「家事だって手伝ってくれたし、病気で入院した時も毎日お見舞いに来てくれたし。お琴のお友達を招いても嫌な顔するどころか、すぐに仲良くなって」

賞賛の言葉を並べる。僕は素直に感心していた。納得もしていた。パンダ公園での記憶が浮かぶ。小野さんはいつも柔和な笑みを浮かべていた。僕らを変に子供扱いせず、対等に接してくれていた。

夫人の話に耳を傾けながら、僕は何度も力強くうなずいた。

「うちに集まって、ちょっとした演奏会もしたことがあったわ。主人も楽しそうにしてくれてて。そうそう、月曜と木曜はお琴の日だったんだけど、帰りはいつも駅まで――」

思い出話が続く。でも退屈ではない。むしろ楽しい。それに、懐かしい思い出が第三者に裏付けられ補完されていくのは嬉しい。

夫人の顔が急に曇った。

「――だから余計、気になるの」

振り返って固定電話に視線を向ける。

「ふうむ」

井出さんが変な声を漏らした。顎を撫《な》でさすりながら、

「パソコン、見てもいいですか?」

と訊いた。「まあ何かあるとしたら、今はだいたいコレの中なんで」とデスクを一瞥《いちべつ》する。

夫人は一度だけ、ゆっくりとうなずいた。

僕はデスクに歩み寄ると、立ったままノートパソコンを開いた。電源を押す。きゅいい、と音がして青いランプが灯《とも》る。続いてカリカリと嫌な音がする。ディスプレイには何も映らない。時間がかかりそうだ。

右後ろから夫人が、左――というよりほとんど真上から井出さんが覗き込む。黙って待っていると、ようやくディスプレイに青い背景が映し出された。直後にパスワード入力欄が現

れる。

「知らないわ」と夫人が言った。

「ここはまずアレでしょ」

井出さんの声が上からする。僕は「ですね」と答えて、「886410」と打ち込んだ。

入力欄が消え、「ようこそ」の文字が画面中央に映し出された。

ドンピシャだ。僕は溜息を吐き、「おお」と井出さんが感嘆の声を上げる。

デスクトップが展開した。よくあるアプリケーションと、フォルダが並んでいるだけのありふれたものだ。「調べますね」と夫人に許可を取ってから、僕は目に付いた「2012」という名前のフォルダを開いた。中にはまたフォルダが入っていた。「01」から「12」まで、全部で十二個のフォルダが。

僕はとりあえず「01」のフォルダをダブルクリックした。

たくさんの画像ファイルが入っていた。処理に時間がかかっているのだろう、番号の小さいものから順に、サムネイルがゆっくりと表示されていく。

右肩から「はっ」と息を呑《の》む声がした。高いところから呻《うめ》き声が続く。

僕はほとんど無意識に画面をスクロールしていた。サムネイルが次々と表示されていく。

「ウソだろ」と勝手につぶやきが漏れる。

画像には一人の少年が写っていた。セーターとジーンズ姿の小学生くらいの少年が、こちらに笑いかけている。特撮ヒーローの変身ポーズを決めている。

途中から少年は上半身裸になっていた。数十枚それが続いて、次はジーンズを脱ぐ過程が写っていた。白いブリーフと靴下だけになって、恥ずかしそうに佇んでいる。

少年の背後には大きな本棚があった。椅子が写っているものも、ヒーターが写っているものもあった。その全てに見覚えがあった。というよりすぐ近くにあった。

画像はすべて、この部屋で撮られたものだった。

少年がブリーフに手をかけている姿が目に留まった瞬間、

「ふああっ」

奇妙な声がしたのと同時に、皺くちゃの手がディスプレイを勢いよく閉じた。

六

パニックに陥った夫人を井出さんがなだめ、抱えるようにして部屋を出て行った。どすどすと階段を下りる音に叫び声が交じる。

僕は指の痛みを堪《こら》えながら他のフォルダを調べた。

画像はどれも、少年たちがこの部屋で辱《はずかし》められる過程を撮ったものだった。「いたずら」などとボカしたら、自分まで少年を傷付けたことになる。「犯人」に加担したことになる。

そんな風に考えてしまうほど凄惨《せいさん》な記録だった。

「08」のフォルダを見ている途中で、僕はサムネイルを見ることを止めた。

フォルダの名前だけを確認する。一番若い数字は「1998」だった。「2000」のフォルダも当然あった。二〇〇〇年。僕が小六だった頃だ。

痛みと緊張で震える指を動かして、僕はフォルダを開いた。そして中身を調べた。

画像には公園で撮ったものもあった。少年たちを撮ったごく普通のスナップ写真だ。

その中の何枚かに、僕が写っていた。

ヨコシン、くっちゃんと並んで、僕が笑っていた。

頭の中で膨らむ憶測に抗《あらが》えないまま、僕は「2000」のフォルダの中を調べていった。

階下でまた悲鳴がした。直後に「落ち着いてください」とピリッとした声が響いた。


翌日。『アウターQ』編集部で、僕は事の次第を八坂さんに伝えた。彼はしきりに右目の上をピクピクさせていた。こんなに反応する彼を見たのは初めてだった。

「つまり〈暗号〉は」

僕が話し終えると、八坂さんは暗い口調で、

「子供をおびき寄せる罠《わな》だった、ということですか？　頑張って正解に辿り着いたガキをホメておだてて油断させて、その流れで己の欲望を満たした、と？」

「それが一番、筋が通るというか」

僕は曖昧に答えた。他に可能性はなくもないけれど、そう考えるのが自然ではある。証拠らしきものもあるにはあった。

画像のデータには撮影日時が記録されていた。ほとんどが月曜と木曜の夕方に撮られていた。「お琴の日」だ。小野夫人が外出している時間帯だ。

その間に小野さんは少年を自宅に連れ込んで、事が済んだら適当な場所で解放して、その足で夫人を駅まで迎えに行っていたのだ。僕はそう推理していた。というより推理してしまっていた。

「なるほど」

八坂さんは不満げに溜息を吐いた。

「……あの、これ法律的にはどうなるんでしょう」

「強制わいせつは親告罪です。被写体の少年たちが訴えない限りどうにもならない。いわゆる児童ポルノ禁止法の単純所持に該当するのかもしれませんが、私には判断しかねます。いずれにしても『犯人』らしき人物はもうこの世にいない」

無感情にそう言うと、八坂さんは、

「記事は保留、というより凍結とします。以降は私に預からせてください。経費と記事二本分の原稿料をお支払いしますよ。クイズの正解らしきものを見つけ出したこと、それ自体には感謝しています」

ありがとうございました、と締めくくった。

駅に向かう途中で耐えられなくなり、僕は井出さんに電話した。一杯どうですか。奢《おご》ります。そう伝える。

井出さんは二十分で駅前に現れた。珍しいことに黒いダウンジャケットを羽織っていた。

「お疲れさまです。ありがとうございました」

「お疲れさん」

近くの適当な居酒屋で乾杯する。「打ち上げ」という言葉を使う気にはなれない。何を打ち上げるというのだろう。沈んでいる今の気分を、だろうか。胸の底に澱《おり》のように溜まっているドス黒い感情を、だろうか。

僕は井出さんに、ノートパソコンの画像について話した。自分が見たもの、そして当時の友人のことを。そして、

「くっちゃんが写ってました」

口にするだけで腹が千切れるような気がした。

「『2000』のフォルダの『12』に入ってました」

呻くように続ける。井出さんは何も言わずに聞いている。奥の座敷から爆笑が聞こえる。

「確かめようがないですけど、一人で〈暗号〉を解いて、あの家に行って……それをずっと

誰にも言えずにいて、学校にも行けなくなって、それで――自殺したんじゃないか、と」

僕は組み立ててしまった仮説を最後まで口にしていた。合ってしまった辻褄《つじつま》をすべて言葉にしていた。そう思った瞬間、頭の中でまた新たにパズルのピースがはまっていく。

「は、柱の番号が消されてたのは、くっちゃんじゃないにしろ、子供の誰かがその、せめてもの抵抗っていうか。で何度も書いて、消して、最後に」

「はいストップ」

井出さんが手をかざした。表情を和らげると、

「それはアレだよリクくん。無理くりドラマチックにしすぎ」

と静かに言った。ビールをあおって、「あんまり何でもかんでもアレするのはまずいでしょ。そのためのこれじゃないの？」

ジョッキを指で示す。僕はハア、と溜息を吐いた。肩に入っていた力が抜けていく。頭に上っていた血がゆっくり引いていく。

「考えることとか、やらなきゃいけないことはあるよ。そのお友達の親御さんに伝えるべきかとか、小野夫人どうすんのとか。でも」

井出さんは真面目な顔で、

「その辺は八坂さんとか俺と一緒にアレすればいいよ。アレの範疇《はんちゅう》だし」

カメラを構える仕草をした。僕はかすかに笑みを浮かべて、「すみません本当に」と答え

た。

井出さんととりとめのない話をして、二時間でお開きにして、僕は家に帰った。

彼の言葉は嬉しかったし本当に感謝していたけれど、一人になった途端、僕は考えてしまっていた。強引に結び付けて「無理くりドラマチック」にしていた。

今回の状況はまさに「くっちゃんの仮説」だった。くっちゃんが披露した〈露死獣の呪文〉の推論そのものだった。

死神は実在した。パンダ公園のすぐ向かいに住んでいた。

そしてくっちゃんは死神のせいで命を絶った。

僕はそんな真相に行き着いてしまった。再調査しようなどと考えたばっかりに。

二十歳を過ぎても覚えていたばっかりに。

卒業間際のくっちゃんのことを思い返していた。二〇〇〇年十二月から、僕が引っ越す前までの記憶を掘り起こしていた。休み時間。放課後。卒業式の練習。引っ越す数日前に家で開いた、ささやかなお別れ会。

くっちゃんはそれまでと何も変わらなかった。普通に話して普通に遊んでいた。

当時の僕は何も気付かなかった。今思い返しても「そういえば」とピンと来たりはしなかった。彼はあんな目に遭っていたのに。死を選ぶほど悩み苦しんでいたはずなのに。

寝支度を済ませて電気を消す間も、布団に潜り込んで目を閉じた後も、僕は考えることを止められないでいた。悔やむことも止められなかった。

真っ暗な視界に浮かぶ「覇覇覇」「露死獣」の文字を、振り払うこともできずにいた。

歌うハンバーガー

七月末。午前十一時過ぎ。

わたしは住宅街の真ん中で佇んでいた。セミの声が遠くから聞こえる。夏の日差しは眩《まぶ》しいけれど不思議と暑さは感じず汗もかいていない。気持ちはふわふわと落ち着かず、風が吹けば飛ばされてしまいそうだ。

緊張のせいだ。久々の、それも今までしたことのない仕事にただ緊張しているだけ。

これから目の前のお店に入って注文して食べることもできる。その上で記事に取り上げるかどうか決めることもできる。

うっそうと茂る蔦《つた》。古びた煉瓦風の外壁。そしてドア横の椅子に載ったあの看板。

営業している、と判断していいだろう。でも実際のところは分からない。見つけた時と同じで全然人の気配がしない。

近所の人たちから聞いた話を思い出す。どれも最初に訊ねた人の話と似たような内容だった。「自分は行ったことはない」「味は普通らしい」「店長が変だと聞いた」「妙なこだわりがあるらしい」……

大多数の人はお店の話を振っても知らん振りするか、奇妙な顔をしてその場を立ち去った。

親切に教えてくれたのは近くの公園にいた小学生くらいの子供と、ベンチに座っていたお婆《ばあ》さん、そしてもう一人か二人。

話をするのも躊躇《ためら》われるほど異様な店なのか。そう考えると足がすくんだ。やはり近寄りがたい、入りづらい。

でも、だからこそ入る価値がある。

わたしはゆっくりと足を進め、蔦が絡んだ重そうな木のドアに手を伸ばした。

一

「本格的な」ハンバーガーを出すお店が近所に立て続けにオープンしている。そう気付いたのは先月、六月のことだった。心療内科でカウンセリングを受け、少しずつまともな食事ができるようになり、三十一歳の誕生日を迎えて間もない頃。

十代二十代の頃ならもっと早く気付いていただろうし、自分で気付く前に誰かに教えてもらっていただろう。例えば海外食品チェーン「ジェームス&デリ」日本支社の専務である彼や、大手カフェチェーン「コネクター」の代表である彼に。或《あ》いはカルチャー誌『オクタヴィア』の編集長である彼女に。

でも彼ら彼女らはみんなわたしから離れていった。

そしてまだ二十代前半で写真映えする「次の」「新しい」女性ライターたちと交流するようになった。

二十七になる頃から徐々に。三十を迎える頃には完全に。

大前提として自分の力不足のせいだ。それは分かっている。自分にもっと筆力があって、美味《おい》しいものを美味しそうに伝えることができていれば、老けようが見てくれが悪くなろうが、彼らとの繋がりは今もあっただろう。仕事を続けることができただろう。心の底からそう思っている。今は、だけど。

最初は悔しさと憎しみと嫉妬《しっと》、そうした負の感情のスパイラルから抜け出せなくなった。親とも友達とも仕事関係の人とも関わらなくなった。ブログやＳＮＳの更新も止め、家からろくに出なくなってあれほど好きだったご飯を何日も食べられなくなった。かと思えば都内で一日中食べ歩き飲み歩いて深夜の駅のトイレで全部吐いたりもした。心を病んでいると気付いていたけれど認めたくなかった。

新世代女子フードライター・守屋《もりや》雫《しずく》が、よりによって摂食障害になったなんて絶対に。

四十三キロだった体重はいつの間にか七十二キロまで増え、いつの間にか三十一キロにまで減っていた。また増えてまた減って、また増えてまた減って。その一方で貯金は着実に減り続けた。仕事をしないから当然の話だった。

洗面所の鏡に映った幽霊のような女性が自分だと気付いたのは、四月上旬のある日の夜のことだった。痩せた身体。伸び放題の傷んだ髪。目だけがギョロリと大きく頬はこけている。乾いた唇は意識しないと閉まらない。

前歯が見事なまでのすきっ歯になっていた。毎日のように吐くから胃液で溶けたのだ、と遅れて気付く。そしてやっと自覚して決意する。

わたしはおかしい。壊れている。

だから何とかしないといけない。

フードライターかどうかはどうでもいい。かつての守屋雫もどうでもいい。あの頃の華やかな生活や仕事なんか取り戻さなくていい。

とりあえず現状は最悪だ。ここから抜け出さなくてはならない。

リビングでスマホが鳴っていた。

ふらつく足で廊下を渡り、積もったゴミ袋を掻き分けてスマホを摑む。液晶画面には知らない番号が表示されていた。

「……し」

声が出ない。

「もしもし」

空っぽのお腹に力を込めて何とかそう絞り出す。ゴミ袋の積もったリビングの真ん中でしゃがんだまま返事を待っていると、

「守屋雫さんでいらっしゃいますか」

男性の無機質な声がそう問いかけた。

「はい」

「出てくださってありがとうございます」

安堵をわずかに滲《にじ》ませる。すぐに、

「八坂と申します。五、六年前に一度、代官山《だいかんやま》のカフェのプレオープンパーティーか何かでご挨拶させていただきました。覚えていらっしゃらないかと存じますが」

「……すみません」

わたしは素直に詫《わ》びる。まるで記憶にない。

「当時は三葉書房《みつばしょぼう》という出版社で編集長をやっておりましたが、いま現在はウェブマガジンの運営と編集長をしております。『アウターQ』という」

男性――八坂はわたしの非礼を気にする様子もなく、

「この度は守屋さんに取材原稿をお願いしたくお電話しました」

と言った。

「わたしに、ですか」

これも素直な気持ちで訊く。誰かと間違っていないだろうか。それとも仕事のなくなった「元」二十代女性フードライターを憐《あわ》れんで、仕事を恵んでやろうとでも言うのか。

吐き気がうっすらと喉元に込み上げていた。

「ライターは続けていらっしゃいますよね？」

八坂は平然と問う。

「ここ最近はお見かけしませんが、特にお辞めになったとは聞いておりませんので」

「辞めたも同然です」

わたしは答えた。これまた素直に、正確に今の自分を認識する。そして言葉にする。

「し、仕事が来なくなったので」

「ではお仕事をお願いしたく思います」

八坂はすぐさま言った。何が「では」なのか分からない。どうしてわたしに、と訊こうとしたところで、

「事前にお会いして打ち合わせもする必要がありますし、『アウターQ』の色というか、テイストにある程度沿っていただく必要もあります。原稿のチェックは当然しますし箸にも棒にもかからない代物なら没です。つまり」

ここで一呼吸置くと、

「いちライターとして純粋に面白い原稿を書いていただきたい。それだけです」

八坂はきっぱりと言い切った。

「……どんな内容ですか」

わたしは考える前にそう訊いていた。

「それは打ち合わせで詰めさせていただければと」

八坂は答えた。口調は穏やかなものに変わっていた。込み上げていた吐き気はいつの間にか治まっていた。


翌日は一日かけて家中を掃除した。ピカピカになったリビングで充足感に浸ったのが午後九時。ピザの宅配を頼もうとして考え直し、カップの味噌汁《みそしる》とレンチンのご飯を一時間かけて食べた。まるで味はしなかったけれど、不思議と吐き気は起こらなかった。

眠る前にスマホで『アウターQ』の記事を閲覧した。「新米ライターが食わず嫌いを克服する」「あの名店のラーメンを自作する」「嫁の実家に届いた怪文書の送り主を探せ！」……企画自体はそれほど斬新なものではなかったけれど文章はどれも面白く、執筆陣のキャラクターも魅力的だった。わたしは何度か笑い声を漏らしてさえいた。

八坂と会ったのは電話をもらってから三日後の午後五時だった。わたしは都心のマンションの一室、『アウターQ』編集部のオフィスに出向いた。髪をバッサリ切って久々にメイクもした。

玄関に現れた八坂はスキンヘッドで眉のない、蛇のような顔をした年齢不詳の男性だった。顔を合わせても挨拶した記憶は甦らなかった。

かつて雑誌やネットに露出していた頃とは全然違うわたしを見てどう反応するか。気がかりで仕方なかったけれど彼はまるで表情を変えず、雑然とした部屋にわたしを案内すると「どうぞそちらに」と椅子を勧めた。

八坂の名刺は名前と肩書き、連絡先だけのシンプルなものだった。わたしは激しく後悔しながら自分の名刺を手渡す。赤ん坊の頃の顔写真、手書きの名前と連絡先。意味不明な散文が余白を埋め尽くしている。八坂はここでも何のリアクションもしなかった。

打ち合わせは事務的に淡々と進んだ。初めに原稿料の話、次に取材記事のコンセプト。

「守屋さんに頼むわけですから、やはり『食』をテーマにするべきだと思っておりましたが」

丸い小さなテーブルの対面《トイメン》。八坂は片眉――正確には「片眉のある位置の筋肉」をぴくぴくと動かして黙った。やはり気になっているのだろう。痩せ衰えたわたしの顔や身体が。

「やります」

わたしはうなずいた。とりあえずやってみるしかない。無理なら心療内科に通ってでも。先週までのわたしには絶対に戻りたくない。

八坂はしばらく黙っていたが、やがてゆっくり口を開いた。

「〆切はジャスト半年後、とします」

思わず目を丸くしてしまう。「え」と気の抜けた声が自然と零《こぼ》れ出る。八坂は硬い顔にぎこちない微笑《ほほえみ》を浮かべて、

「まずは体調を整えてください。釈迦《しゃか》に説法ですが、自営業者は健康が第一ですから」と言った。

家に帰ってリビングの床にうつ伏せになって、わたしは大きな溜息を吐いた。焦っているのを八坂に悟られショックを受けてはいたけれど、気遣ってもらうのは正直ありがたかった。彼の真意は分からない。でもここはお言葉に甘えよう。

とりあえず病院に通わなければ。それと並行して原稿のテーマを詰めなければ。話題の店の看板メニューを食べるだけでは駄目だろう。いや、絶対に駄目だ。若かりし頃の守屋雫ならそれで許されていたけれど。

寝そべったままスマホのカレンダーを開く。今日は四月十四日だから半年後は十月十四日。ギリギリになってしまう可能性を考えると、季節感のある料理は避けた方がいい。新規オープンの店も同様だ。

再来月の六月十七日には三十一歳になるのか、と頭の片隅で思った。それがいいことなのか悪いことなのかは少しも判断せず、ただその事実を認識していた。

二

ファストフードのチェーン店が出すものとは違う、分厚くてお皿に載っていてそれなりにいい値段のする「本格的な」ハンバーガーなら、今まで何十個も食べたことがあった。米軍基地の近くにある老舗《しにせ》ダイナーが出す大味で巨大なもの。高級シティホテルのレストランが出す二万八千円もするもの。

そこそこ有名なアパレルブランドがやっているカフェで食べたのはバンズが香ばしくて絶品だったし、飲み屋街の片隅にある某店は完全セルフカスタマイズ方式で、わたしはパテとチェダーチーズ、そして無謀にも大量のハラペーニョとハバネロソースを挟んで齧《かぶ》り付き、あまりの辛さにカウンター席で悲鳴を上げた。

最後のは思い出すだけで恥ずかしい。一方でどんな記事を書いたのかは少しも思い出せない。間違いなく取材で足を運んだにもかかわらず、だ。

十九の時に初めて原稿を書いてお金を貰《もら》ってから今まで、わたしは何も積み上げてこなかったわけだ。若さと見てくれで仕事が来ているとは気付きもせず、大人たちにちやほやされて調子に乗って日々を過ごしていた。

でも今は違う。

わたしは美味しいハンバーガーを出すお店を取材して、その魅力を『アウターQ』で伝えたい。ブームと呼ぶのは大袈裟だけれど、じわじわと店舗が増え、根付いてきているのは事実だ。だから記事にする意味もある。書き出しはそんな大枠から始めてもいい。それか日本にハンバーガー屋が初出店した時から始めても。確か最初は佐世保《させぼ》だったか。

ハンバーガーで書こうと考えるきっかけになった近所の二店舗は、既にいくつかのウェブマガジンに取材されていた。二番煎じは駄目だ。あまり知られていないお店がいい。ネットで検索するだけでなく足で探さないと。

でも今の自分にできるだろうか。リサーチ力や文章力以前にハンバーガーを食べることは可能だろうか。今はご飯と味噌汁とお浸しを朝夕の二回、時間をかけて食べられるようにはなっているけれど心許《こころもと》ない。

「うーん、脂《あぶら》っこいのはまだ控えた方がいいなあ」

率直に訊ねると、心療内科のぽっちゃりした女性医師はにこやかにそう答えた。

「……いつなら大丈夫でしょうか」

「普通に三食食べられるようになったら」

「それはいつですか」

「経過次第。人それぞれとしか言えないの、こういうのは全部」

女性医師は笑顔のまま、でも有無を言わせない口調で言った。ごもっともだと納得する一方で、それでは困ると不満に感じてもいた。

病院を出るとわたしは帰り道から逸れた。家から近いほうのハンバーガー屋が視界に入ったところで歩く速度を落とす。二車線の国道沿いの、縦に細長いマンションの一階。白く塗られた木製の壁とドア。ドアの斜め前に置かれたA型ブラックボードには、丸っこい筆致で

「COZY　HAMBURGER」と書かれている。店名の由来は店長の名前だ、と記事にあったのを思い出す。浩二《こうじ》さんというらしい。

小さな窓の前に差し掛かる。横目でそっと店内をうかがう。十席ほどのL字型カウンターにはお客が四人。二人掛けのテーブル席は二つともカップルで埋まっている。

大柄な男性――おそらく浩二さんその人だろう――が、汗だくで鉄板の上のパテに塩胡椒《こしょう》を振っていた。大きな俎板《まないた》の上には上下にスライスされたバンズが三つ並んでいる。傍らのボウルに入っているのは何だろう。ここからは見えない。レタスかオニオンスライスか、それとも輪切りのトマトか。

唾液《だえき》がじわりと口腔《こうこう》に溢《あふ》れ出るのを感じた。直後に鼻腔がパテの焼ける匂いを捉えた。その瞬間、凄まじい吐き気が胃から喉へとせり上がった。

わたしは咄嗟《とっさ》に口を押さえて身体を折った。中腰で店の前を通り過ぎ、角を曲がってマンションのゴミ捨て場の前で耐え切れずに嘔吐《おうと》する。

薄茶色の吐物がコンクリートをびちゃびちゃと濡《ぬ》らした。

何度も吐いてどうにか落ち着いて、唾液と鼻水と涙で濡れた顔をハンカチで拭う。吐いたものを見つめ、背後の車の音を聞いていると悔しさが込み上げる。

まともな食欲が戻って来たと思ったらこの有様だ。心と身体がまるで繋がっていない。わたしはちっとも治っていない。

頭で分かってはいたけれど、いざ事実を突きつけられると惨《みじ》めで仕方がなかった。

睡眠と最低限の食事をするだけで六月は終わった。動け働けと何度自分に言い聞かせても、スマホを手にする気にすらならなかった。力の入らない身体の中でじりじりと焦燥感だけが募る。一日を無駄に過ごしたことに絶望しながら寝室の天井を眺める。それが次の日も続く。病院にも行けなくなった。

典型的な鬱《うつ》だ。鬱と摂食障害の関係について女性医師は何度か説明してくれたけれど、実感するのは今回が初めてだった。

七月に入ってやっと病院に行けた。女性医師と話し合って薬を貰い、飲んでいるうちに起きて十分後には布団から出られるようになった。

なんとかリサーチを再開し、無理だろうか、他のテーマに変えようか、などと思案していた頃、知らない番号から電話がかかってきた。登録済みの八坂のものではない、別の番号。

電話の主はおずおずと、「ライターの湾沢陸男と申します」と名乗った。知らない、またド忘れしているのかも、と大急ぎで記憶を辿っていると、

「ええと、『アウターＱ』で食わず嫌いの記事とか書いてます。若輩者です」

彼は恥ずかしそうに言った。途端にわたしは記事の画像を思い出す。画像には満面の笑みでティラミスを頬張り、口の周りを白と焦げ茶に染めた童顔の青年が写っていた。

自分の顔が弛《ゆる》み、微笑んでいることに気付いた。

「ライターの先輩に一度会って挨拶したい」、それが湾沢青年が電話を寄越した理由だった。皮肉か、と卑屈な気持ちがまた湧き上がるが、すぐ意識して打ち消す。彼の口調はたどたどしくはあったけれど真面目で、冷静に考えて含みがあるとは思えない。

「貧乏ライターなんでいつでも空いてます。無職に毛が生《は》えたような感じですから。なので守屋さんのご都合のいい日に一度――」

彼も彼で卑屈だ。わたしは今この状況を滑稽《こっけい》に思った。駆け出しの卑屈なライターと、落ち目どころか落ち切った卑屈な元ライターの会話。

「そちらのご希望はいかがですか」

わたしはそう答えた。

湾沢青年、いや湾沢くんと会ったのは翌々日の午後二時だった。最寄り駅前の安価なチェーン喫茶店に現れた彼はやはり童顔で、しかも小柄だった。

わたしは「名刺を切らした」と嘘《うそ》を吐いた。

「八坂さんから聞きました。今度『アウターQ』でお書きになるって。それで」

向かいに座った彼は身体を縮め、言い訳がましく説明する。

「勤めてた頃から守屋さんの記事はちょいちょい読んでて。あと前にフォトエッセイ本みたいなの本屋に並んでたなあ、平積みだったなあとか」

「会ってガッカリしたんじゃないですか」

話題を変えるつもりでわたしは訊いた。目の前の青年は事実を述べているだけだ。そう分かっていても辛《つら》いものは辛い。アイスコーヒーのグラスを握る手に力が入っていた。

「ええとですね」湾沢くんは頭を掻くと、「八坂さんから聞いてマジかって思って、今日お会いして確信しました。はい」

よく分からないことを言う。黙っていると、

「手です」

彼は本当に言いにくそうに、

「守屋さんの手の甲を見て、八坂さんすごい心配してるんです。あと後悔というか。オファーして無茶させてるんじゃないかって」

と言った。わたしは無意識に視線を手元に落とす。右手の甲、人差し指の付け根が大きく腫《は》れ上がっていた。

吐きダコだ。

拒食と過食を繰り返し、自分で喉に指を突っ込んで吐いていた頃の名残《なごり》。こんなに目立つのに全然気が付かなかった。

わざとらしいのを承知で手を引っ込める。顔を上げられなくなっている。

「……僕もですね、去年この仕事で嫌なことがあって、それでだいぶ落ちてたんですよ。取

材も、書くのも辛くて」

湾沢くんは身の上話をしていた。

「でも、ライターの先輩とか八坂さんがいろいろ面倒見てくれたというか。八坂さん、ああ見えて結構優しいなって思って、それで今に至ります」

額の汗をおしぼりで拭きながら、彼は続ける。

「僕に守屋さんの話をしたのも、八坂さんの計算だったのかもしれないです。僕が今みたいに、会わなきゃって思うように。仕向けたって言ったら変ですけど」

八坂の蛇のような顔を思い出していた。

「それで？」

わたしは訊いた。

「だからわたしに同情してると？」

「いや、それ以前の話というか……実際どうなんですか、体調。単純に心配で気になるんです。知ってどうするって訊かれたら全然分からないですけど」

湾沢くんは水を一気に飲み干した。挙動不審、緊張している、恐縮している、客観的に見たらそんなところだろうか。でも少しもおかしいとは思わなかった。警戒し張り詰めていた心が少しずつ弛むのが分かった。

「……普通に食べられないの」

わたしは意を決して言った。きっかけはともかく現状を正直に伝える。湾沢くんは繰り返しうなずき、黙って耳を傾けていた。

「――だから困ってる。正直間に合うかは自信ない。仕事はすごくしたいけど。それもなるべくならハンバーガーで」

はっきり言葉にした途端、全身から力が抜ける。湾沢くんに全部話してしまった。彼は次に「どうする」つもりだろう。

いつの間にか水もアイスコーヒーも飲み干していた。若い女性店員が無言でグラスに水を注ぐ。湾沢くんは店員が去るのを見計らったように、

「いわゆる普通のハンバーガーでなければ行けるんじゃないですか？」

と言った。

「え？」

「肉とか脂が駄目そうなんですよね。だったら野菜と穀物オンリーなら大丈夫かなって。ありますよね。大豆とかを肉っぽくするみたいな。レーガンだかそういう思想の店――」

「絶対菜食主義《ヴィーガン》？」

「あっ、それです」

彼は少年のような笑みを浮かべた。

「……どうかな」

わたしは首を捻る。

「野菜だけのハンバーガーって、もう丸いだけの野菜サンドじゃないかな。それにジャンクフードで意識高いのもなんか違うし。企画のアリナシじゃなくて、そういうモノを出すお店が変」

「え、そうですか？」湾沢くんは唇を尖らせると、「友達にもいますよ。バカ高いミネラルウォーターでカップ麺作るヤツとか」

「ほんと？」

わたしは噴きそうになって口を押さえた。

「じゃあ、冗談めかして書くってこと？　変なこだわりの店みたいな」

「あー、どうなんでしょう」湾沢くんは天井を仰ぎ見て、「おちょくってる感じは駄目ですね。『アウターQ』だと絶対ナシです。かといって真面目に書いたら普通だし。自分で提案しといてすみません」

申し訳なさそうに顔をしかめる。わたしはそこで気付いた。

「……休んだ方がいいって言わないんだね」

「えっ、あ、そうですね確かに」

湾沢くんは少し考えると、

「まあ、やれることを探すのがいいかなと。自分もそうだったんで。『東京駅から二十四時間歩いたらどこまで行けるか』とか、馬鹿みたいな企画ですけど」

また頭を掻いた。

そこからわたしたちは純粋に、記事の方向性について話し合った。湾沢くんの心遣いに感謝しながらわたしは頭を悩ませ言葉にした。店員が不機嫌そうな顔で何度も水を注ぎに来た。

「——思い切ってこういうのはどうですかね」

湾沢くんはスマホを操作して、液晶をかざしてみせた。

「怪しい店って言ったら失礼ですけど、ちょっと近寄りがたい店ってあるじゃないですか。営業してるのかどうかも分からないような。まあ大体がボロくて……」

わたしは彼のスマホを覗き込んだ。『アウターQ』とは別のウェブマガジン。やけに小さな紺の暖簾《のれん》に「食堂」とだけ書かれた、朽《く》ちかけの木造家屋が写っている。

「これ先月取材したんですけど。家の近所です」

「……なんかあったね、テレビで。『きたなシュラン』だっけ」

わたしは記憶を辿る。外観も内装も汚いけれど料理は絶品。そんなお店を紹介する、バラエティ番組のいち企画だったはずだ。

「いや、ここは微妙でしたよ。どれも塩辛くて。常連だけでかろうじて回ってる店です」

湾沢くんは苦笑しながら、「でも店主が優しいおじいちゃんで。お店の歴史とか聞いてるだけで興味深かったです。なんせ創業六十年ですからね。だから店主とのやり取りメインで記事にしました。街角から戦後日本の歴史に思いを馳せる、みたいな」

「そういう話を拾うってこと？」

「いや、それは結果論というかこの記事に限った話で。守屋さんは気になりませんか？　近所の入りづらい店」

「たしかに……」わたしは唸る。病院近くのボロボロの中華料理屋を思い出していた。湾沢くんは楽しそうな顔で、

「誰もが何となく興味あるんです。それにこの手の店はいろんな角度から書ける。食べ物のことそんなに書かなくていいんですよ。たいてい普通か微妙かのどっちかですし。あと他所《よそ》と被《かぶ》ることもまずないです。分かりやすく奇抜なメニュー出す店なんか、逆に被りまくりですからね。ウェブマガジンが個人サイトの後追いになってる感すらあります」

「そっかあ」

わたしは腕を組んだ。この方向性だとウェブマガジンらしさもあるしオリジナリティもある。何より今のわたしにもできそうだ。記事のメインは「勇気を出して入ったらこんなお店でした」で、料理は必須ではない。どんなお店か、どこが面白いのかを伝えればいい。つまりお店としっかり向き合うわけだ。そこまで考えたところでわたしは気付いた。

それはかつての守屋雫が怠っていたことでもある。料理をマクラに身辺雑記、人脈自慢のオマケに料理。それが正しい書き方だと思っていた。そうした原稿が自分には求められてい

ると思っていた。事実はもちろん違う。

「これ、やってみる」

わたしはお腹に力を込めて言った。これは今のわたしがやるべきことだ。特に有名ではないウェブマガジンの、たった一つの記事だとしても。

湾沢くんは満面の笑みを浮かべたけれど、すぐに、

「あ、でもハンバーガー屋が都合よく見つかるかは分からないです、はい」

と、三度《みたび》頭を掻いた。


それから一週間後の夕方。わたしはぽかんと口を開けて、住宅街の路地の真ん中に突っ立っていた。自分の見ているものが信じられなかった。

午後から都心の大型書店に行って、文章技術の指南本とタウン誌を何冊か買った。前者は純粋に一から勉強するため、後者はリサーチの参考にするため。家電量販店にも寄ってミラーレスの一眼レフも見ておいた。以前はスマホかポラロイドカメラで小洒落《こじゃれ》た風に撮っていたけれど、これからは普通にちゃんと撮らないといけない。

帰りの電車でふと思い立って、最寄りの一つ手前の駅で降りた。体調はすこぶる良好で気分もいい。歩いて家まで帰ってみよう。そんな軽い気持ちだった。

何となく家の方向を目指して足を進め、住宅街に差し掛かって大通りに出てまた住宅街に

入る。古びた戸建てが立ち並び、行き止まりで引き返し、思ったより遠いなと少し後悔したところで、青々と茂った蔦が目に留まった。

煉瓦風の二階建て。二階の外壁は蔦でほぼ埋め尽くされている。一階の窓は分厚いカーテンが下ろされ中は見えない。玄関ドアにも蔦が絡まっていて開けるのも難しそうだ。ドア横のスペースに傷んだ灰色の木の椅子が置かれていた。その座面には小さなぼろぼろの木の板が立てかけられていた。

板にはこんな文字がうっすら浮き彫りされていた。

〈アメリカの味　シンギン・ハンバーガー〉

店名のシンギンは「Ｓｉｎｇｉｎｇ」だろう。いや、絶対そうだ。板の四隅には四分音符が彫られている。余白にかすかに残る黒く円い模様は、どうやらト音記号らしい。

歌うハンバーガー。

こんな住宅街の真ん中でひっそり営業していて、しかもかなり入りづらい。流行《はや》っているとは思えないし、耳を澄ませても人の声も店内ＢＧＭも聞こえない。気配すらしない。

見つけた。都合よく見つかった。こんなことがあっていいのか。

運気が上昇、という月並みな言葉を振り払って、わたしは周囲をうかがいながらスマホで看板を、そして外観を撮った。逃げるようにその場を立ち去る。歩きながら店名をウェブ検索してみたけれど全くヒットしなかった。つまり後追いではない。

わたしはドクドク鳴る胸を押さえて、大急ぎで湾沢くんに〈見つけました！〉とショートメールを送った。続けざまにさっきの画像とお店のだいたいの位置も。

近くの一戸建ての前で、ショートカットの中年女性が自転車の鍵を開けていた。大きなリュックを背負っている。これからお出かけだろうか。

「すみません」

わたしはほとんど無意識に声をかけた。女性が「はい」と自転車から顔を上げる。

「そ、そこの」わたしは「シンギン・ハンバーガー」のある方を指差すと、「そこのお店って、行かれたことありますか」と訊いた。自分はライターである、ウェブマガジンのリサーチをしている、と慌てて補足する。

女性は「ううん、ないけど」と首を振った。すぐさま「取材するの？」と怪訝《けげん》な顔で訊く。

「いえ、まだ決めたわけでは」

「へええ」

彼女は興味深げな笑みを浮かべた。急いでいる様子はない。わたしは必死で思考を巡らせて質問を重ねた。

「いつからあるんですか？」

「えーとね、十年くらい前かなあ。ちょうどわたしが引っ越してきた時だから」

「評判は」

「味はねえ、普通だって言ってたよ、行ったことある知り合いが。でもねえ」

女性はここで声を潜めると、

「店長？　マスター？　が変わった人なんだって」

と言った。

不安と期待が同時に湧き上がった。スマホに両手でメモを打ち込みながら、

「変わった人というと」

自分も声を潜める。女性は顔を近付けると、

「おじさんなんだけどね、スピリチュアル系っていうの？　ウチは迷える魂の拠《よ》り所だとか、よく分かんないこと言うんだって。宗教とは違うらしいんだけど」

何度も首を捻った。そっち系か、と納得しながらわたしはゾクゾクと寒気を覚えた。コンセプトには合致している気がする。と同時に入りづらさはますます高まっている。嬉しいような怖いような楽しいような、変な気持ちになっていた。

女性に何度もお礼を言ってわたしは歩き出した。地図アプリを起動しながら深呼吸を繰り返す。いつの間にか動悸《どうき》が激しくなっていた。

湾沢くんから返信が届いていた。

〈うわー、完璧じゃないですか！〉

見覚えのある町並みに入って家と自分との位置関係が分かった頃、わたしはここから先の

手順を真剣に考えていた。まずは電話してみようか。でもネットには何の情報もない。電話帳の存在を思い出すのにしばらくかかった。そしてまた考える。

まずはいち客として行ってみるのが最善だろう。それが正しいリサーチというものだ。他にも近所の人たちから話を聞いてもいい。一人は不安だけれど、例えば湾沢くんに同行を頼むのは違う気がする。

体調を整えてまともな食事ができるようにして、それから足を運ぼう。〆切までまだ余裕がある。取材できそうになかった場合に備えて、他の店もいくつか当たりをつけておこう。それから、それから――

スマホで位置情報を確認し、家へのルートを今一度確かめる。忘れないうちにと「シンギン・ハンバーガー」の位置をマークする。背後から車が近付く音が聞こえてわたしは道の端へ避けた。

三

店内は薄暗かった。案の定と言っていいのか、お客さんは一人もいなかった。天井に二つ並んだシンプルな照明がぼんやりと調度を照らしている。古びた木製のテーブルが四つ。それぞれに椅子が四脚。ドア脇の椅子と同じものだと気付く。ただしずっと新しい。

左手には飴《あめ》色の大きなカウンター。ケチャップとタバスコとマスタードが何セットか置かれている。奥の方に積まれたカラフルな鉢は灰皿だろうか。

木の床は塵《ちり》一つ落ちていなかった。カウンターもぴかぴかだった。埃《ほこり》まみれだったりガラクタが散乱していたりはしない。白い壁が多少くすんでいる程度だ。抱《いだ》いていた予断を振り払う。

「いらっしゃい」

やけに陽気な声がしてわたしは飛び上がった。カウンターの奥から男性が皺くちゃの顔を出していた。シミだらけの頬。きらきらした目。頭には赤いバンダナを巻いている。黒いTシャツにぶかぶかのオーバーオール。

「……どうも」

わたしは曖昧に答えた。男性は目をぱちぱちさせてわたしの全身を眺め回す。わたしの見た目が変なのだろうか。心と身体に問題を抱えているのが分かるのだろうか。

いたたまれなくなったところで、

「こっちへどうぞ」

男性はカウンターの一番奥の席を手で示した。わたしは「あっ、はい」と上ずった声で答えた。

席に着くなり男性はカウンター越しに、水の入ったグラスとおしぼりを目の前に置いた。

グラスはくすんでもいないし水も濁っていない。

最大限に注意を払っている——警戒している自分に気付いた。失礼すぎるだろうか。

「はいこれ」

男性は一枚の紙を置いた。ラミネート加工されたA４の紙。手書きでシンプルに料理名が並んでいる。「ハンバーガー　￥５５０」「チーズバーガー　￥６５０」「バーガーロワイヤル　￥７５０」……

わたしは迷わずハンバーガーとコーラを注文した。男性は、「じゃあ少々お待ちを」と奥へ引っ込んだ。

わたしは背筋を伸ばしてカウンターの向こうを覗き込んだ。磨かれた大きな鉄板。傍らにはコンロ。フライパンと小鍋が壁に掛かっている。

天井近くには質素な神棚があった。どこでも見かけるような形で奇妙には思えない。近所の人の証言を思い出していると、店内にカントリーが流れ始めた。

奥から「スコン」と音がした直後、瓶入りのコーラと氷の入ったジョッキを手にしたマスターが現れた。今度はカウンターを回り込んでわたしの前に置く。

「注ぐよ。別嬪《べっぴん》さんにサービスしないとね」

ハハハ、と笑うと彼はコーラをジョッキに注いだ。しゅわしゅわと音を立てて黒い液体と泡がジョッキを満たしていく。お世辞に決まっていると受け流してわたしは声をかけた。

「マスターの方ですか」

「え？　うん、そう。ワンオペだけどね」

　空いた瓶を手に彼はまた笑う。また奥に消えてまた出てくる。手には食材を抱えていた。組板の上に並べる。鉄板を温め、タッパーから生のパテを取り出す。

　タイミングを見計らってパテを鉄板に置くと、ジュウウと音がした。肉の焼ける匂いが鼻に届きわたしは身構える。吐き気は起こらない。平気だ。それどころかいい匂いだと感じている。

「近くにお住まい？」

　こちらに背を向けたままマスターが訊いた。わたしは「ええ、わりと」と答えて、

「前に見つけて気になっていたので」

「そうなんだ」彼は半分だけ振り向くと、「珍しいね。そういうタイプは」と意味深なことを言った。わたしは黙って首を傾げる。

「一回来て気に入ったお客さんが一番多いよ。常連さん。例えば」

　彼は一番奥のテーブルを指して、

「一番古いお客さんはあの席が定位置。指定席というかね」

「予約もできるんですか」

「うーん、まあ指定席には間違いないよ」

マスターはまたよく分からないことを言った。ここは掘らない方がいいだろう。わたしは店内を見回した。壁の玩具《おもちゃ》のようなアナログ時計が目に留まる。十一時十五分。

メニューを見返した。ランチサービスの記載は見当たらない。裏にはお酒の名前が並んでいるだけだった。

「どうしたの」

いつの間にかマスターがこちらを向いていた。

「いえ、ランチは無いのかなと――」

「あるある。ポテトは無料サービス。単品の半分の量だけど」

彼は不意にしゃがみ込んだ。すぐに立ち上がると、カウンターに小さな黄色いポップを置いた。ハンバーガーとポテトのイラスト。その下に「平日ランチタイム（11：00～15：00）ハンバーガー御注文の方はポテト無料※ハーフサイズ」と書かれていた。

「ごめんごめん、忘れてた、暇だから」

彼は自嘲めいた笑みを浮かべながらバンズを半分に切る。わたしは彼の手元を見ていた。爪も掌も清潔にしている。バンズの表面は艶やかなきつね色。サイズは想像どおり大きめだった。

肉の焼ける匂いはますます食欲を刺激していた。ほっとしながら軽くお腹を撫でる。わたしは大丈夫だ。きっと今日はちゃんと食べられる。

背後で「ぎっ」と音がして反射的に振り返った。

奥のテーブル席――ついさっきマスターが示した「指定席」に、アロハシャツの男性が座っていた。黒い髪を丁寧に撫でつけ、ティアドロップ型のサングラスをわずかにずらして、「よっ」とこちらに向かって声を掛けた。

どきりとした直後、マスターが「いらっしゃい」と答えた。「いつものでいい？　ハワイアンバーガーのピクルス抜き」と続ける。男性は白い歯を見せて「おう」と笑った。椅子にもたれかかって脚を組み、くたびれた週刊誌を広げる。

自分以外にお客が来たことに驚きながらわたしはジョッキを手にした。コーラの泡がぱちぱちと喉を刺激する。考えてみれば飲むのは久しぶりだ。胃がびっくりしないだろうか。不安を覚えながら神経をお腹に集中する。喉を通り過ぎて胃に流れ込む感触が徐々に消える。多少の冷たさを覚える以外は何ともない。

奥のお客さんに水とおしぼりを渡すと、マスターは大急ぎで戻ってきてパテをひっくり返した。手を高々と掲げてパテに塩胡椒し、バンズにレタス、トマト、オニオンスライスにピクルスを載せる。

フライパンで熱した油に太めにカットされたポテトを放り込むと、ジャアアと大きな音がした。

「他所はなかなか無理でしょ」

マスターが言った。「え？」とわたしは訊き返す。彼は焼けたパテにチーズを載せると、

「うちみたいに空《す》いてないと大変でしょ。そもそも気付いてもらえないしさ。隣の県にあるラーメン屋がそうだって聞いたことあるけど」

と語りかける。わたしは愛想笑いを浮かべながら戸惑う。何を言っているのか分からない。近所の噂どおり変だ。

「あそこは奥さんがそうなんだっけな。旦那さんは信心深いっていうか大らかなだけなんだよね。『そういうこともあるかもな』って。まあでもカウンターしかない店でお昼時は結構大変らしいけどね。文句言う客も当然出てくるしさ」

ハハハ、と笑う。チーズが溶けた頃合いを見計らってターナーでパテを掬《すく》い、慣れた動作でバンズに重ね、傍らの半透明のボトルから茶色いソースをかける。

「そうなんですか」

わたしは適当に相槌《あいづち》を打った。さりげなく視線を逸らしてコーラを飲む。やはり変だ。流行らないのも当然だと合点が行く。ただ不可解なだけで面白キャラというわけでもない。どうしたものかと思い悩んでいると、

「ハイお待ちどおさま」

マスターが目の前に大きなお皿を置いた。星条旗の刺さった大きなハンバーガー。塩を振った揚げたてのポテトが添えられている。チーズと肉と脂の匂いが鼻と胃を刺激する。美味

しそうだと思いながらわたしはお腹にも意識を集中する。

まずは様子を見よう。わたしは心の中で手を合わせ、口のなかで小さく「いただきます」と囁いた。ポテトを一本摘《つ》まんでそっと口に含む。ゆっくり噛んで味を、そしてお腹を確かめる。揚げたじゃがいもの味。しばらく食べていなかった、でも慣れ親しんだ味。おそるおそる飲み込んで様子を見る。喉も胃も抵抗しない。スムーズに食べることができている。

安堵の溜息を吐きコーラで喉を潤した。マスターはいつの間にか奥の男性のところにいた。

「あー、そうだよねえ」と彼の声がした。「まあ俺の方が珍しいんじゃない？　自覚があってまだ居座ってるってのは」と男性が笑う。会話の文脈が分からない。

振り返ると男性と目が合った。サングラスを取っている。彼はまたわたしに歯を見せると、すぐ「おっ」と声を上げた。

「マスター、ナイフとフォーク、あちらのお客さんに」

「いっけね」

バンダナの額を叩くと、彼は「ごめんねごめんねー」と古臭いギャグを言いながら厨房《ちゅうぼう》に戻って来た。男性がこちらにウインクしてみせる。わたしは笑顔で目礼する。確かに今のわたしに手摑みは難儀かもしれない。少しずつ食べないと。

マスターが紙ナプキンで包んだナイフとフォークをカウンターにカタンと置いた。わたしは紙ナプキンを外して右手にナイフを、左手にフォークを持つ。バンズにフォークをそっと突き刺し、ナイフで半分に切る。これだけのことで身体が硬くなっている。何千回何万回と繰り返した動作なのに、ぎこちなくなっている。

嬉しいのだと気付いた。食べたい時に食べたいものを食べようとしていることに、心が躍っているのだ。流行らないお店のどんな味かも分からないハンバーガーでも嬉しい。

わたしはフォークを持ち上げ、八分の一にカットしたハンバーガーをまじまじと見つめた。バンズの断面からは透明な肉汁が溢れている。オレンジ色のとろけたチーズ。野菜。赤いトマトが一際目立つ。

お腹に漂う違和感は吐き気とは違う。期待と不安だ。

わたしは震える手でフォークを動かし、ハンバーガーを口の中に入れた。バンズの香ばしさがふわりと口の中に漂い、続いて肉の旨みとチーズのコクが一気に押し寄せる。オニオンスライスとレタスの歯応え。トマトとピクルスの酸味。

普通だ、と冷静なわたしが判断する。湾沢くんの言っていたとおりだ。分かりやすい特徴はない。オーソドックスすぎるくらいだ。でも感情的な方のわたしは飛び上がりそうなほど喜んでいた。ゆっくりと飲み込んで身構える。

胃袋にずしりと重みを感じた。一秒、二秒、三秒。二十まで数えてわたしは大きく息を吐いた。焼けた脂とチーズの匂いが鼻を通り抜ける。

大丈夫だ。そして最高だ。わたしは普通に食べられる。泣きそうになって必死で堪えた。

まだ安心はできないと自分を戒める。

「いい食べっぷりだねえ」

バンズを切りながらマスターが言った。ニコニコしながら、

「ごめんね、見蕩れちゃったよ。別嬪さんだしさ」

見え透いたお世辞を付け足す。わたしは手の甲で涙を拭って、

「美味しいです」

と答えた。話はおかしいけれどいい人だ。コーラを飲んで口をさっぱりさせると、わたしは再びハンバーガーに取り掛かった。夢中で口に放り込む。

焦るな焦るな。ゆっくり食べないと。柔らかいけれどちゃんと噛まないと。一気に飲み込んでもいけない。手で摑んで食べた方が感じが出るだろうか。分厚いけど押し潰せば口に入るだろう。手が汚れても口が汚れても構わない。後で拭けば済む話だ。ポテトもまだたくさんある。途中でケチャップやマスタードも挟んでみよう。タバスコは止めておこう。

取材はどうしよう。どんな切り口で書こう。隠れた名店は大袈裟だろうか。でもわたしは美味しいと思う。主観も主観だけれど人に薦めたい。食べてほしい。例えばあの何とかいうウェブマガジンの、何とかという青年にも。蛇のような何とかという編集長にも。

何も考えられず何も思い出せなくなっていた。ただ目の前のハンバーガーを食べたい。その気持ちだけがわたしを衝《つ》き動かす。

わたしはナイフとフォークを置くと切り分けたハンバーガーを手で掴んだ。マスターが複雑な顔で見ていることに気付く。

彼はバンズに野菜を重ねながら、

「儲《もう》からないけど、まあいいよ。こんな別嬪さんが来てくれるならさ」

またよく分からないこと、そしてお世辞を口にした。

わたしは心から笑うとハンバーガーに齧り付いた。

四

【タイトル】

住宅街のド真ん中でスピリチュアル・ハンバーガーを

【リード】

ちょっと不思議なマスターが出す本格的ハンバーガー。ファストフード店でもオシャレダイナーでも味わえないレアな食体験をしてきました。

【本文】

どうも湾沢です。最近いろんなところで一筋縄では行かないお店を食レポし、料理以上に味のある店長さんやシェフ、板前さんたちと語らってきました。今回はその最新版。しかもハンバーガー屋さんです。最後まで読んでくれると嬉しいな！

　早速紹介しましょう。今回のお店は都内、渋谷区の外れの住宅街にある「シンギン・ハンバーガー」である。写真で伝わるだろうか、この場違い感、そしてイイ具合のヴィンテージ感。看板の文字がいい味出しています。

　しかしこのツタ！　ドア開くのか心配ですが思い切って入ってみましょう……おお、大丈夫でした。軽快なドアベルの音が迎え入れてくれます。

「いらっしゃい」

　こちらのバンダナ男性が「シンギン・ハンバーガー」の店主、北尾《きたお》さん。何でも若かりし頃アメリカをヒッチハイクで旅して回り、その時にダイナーか何かで食べた本場のハンバーガーの味が忘れられなくなったのだとか。帰国後に様々な職業に就くも日に日に募るハンバーガーへの思い。一念発起した北尾さんは四十五歳の時に脱サラし、十年前にここに店を構えたのでした。

　何となくアメリカっぽい内装。大きなカウンターがどっしりと存在感を主張しております。せっかくなので店内を見渡せる一番奥のテーブル席に座ろうと思ったところ――

「あっ、ごめんね、そこ指定席なんだよ」

　マスター北尾に笑顔で制止されてしまった。よく見るとハンバーガーとお冷やが既に用意されています。先客がいらしたようで。でも「指定席」って……？

気を取り直してカウンター席へ向かう。自分のような若輩者は端っこがちょうどいい、そう思って一番ドン突きの席へ座ろうとすると——

「あーごめん、そこも指定席なんだよね」

またしてもマスター北尾が制止。え、でも料理は置いてないし荷物もないし。ていうかそもそも「指定席」って何？　予約席ってこと？

「いやさ、なんていうか」

マスター北尾はボクに顔を近付けるとこう耳打ちした。

「幽霊のお客さん」

……マジですか。

そう、この「シンギン・ハンバーガー」は幽霊と食事ができる店なのだ！　アメリカ滞在中にネイティブ・アメリカンと交流し、二年近く生活を共にしたこともあるというマスター北尾。その結果いわゆる「見える」体質になったそうだ。幽霊との会話も可能だとか。指定席というのはマスター北尾によると「既に幽霊が座っている席」あるいは「近いうちに座る席」だという。

「基本的におんなじ席にしか座らないんだよね。だから」

指定席、というわけだ。なるほど。

ここで念のため書いておきますが、本稿は決して幽霊の真偽だとか、マスター北尾は本当に霊が見えるのか検証しようといった趣旨ではありません。あくまで「こういうコンセプトの店なのだ」と楽しむ方向です。そこんとこヨロシク！

　さて席に着くとメニューを渡された。ここは素直にハンバーガーを注文しよう……ちょっとマスター北尾、何やってるんですか？

「いやあごめんごめん、この時間暇だからさ、忘れてた」

　ランチタイムのポップを置き忘れていたようだ。茶目っ気たっぷりに頭を掻くマスター北尾にグッと来る。

　テキパキと調理するマスター北尾。「同じようなラーメン屋が隣の県にある」「混雑時は大変らしい」と貴重な情報を提供してくれた。あるのか隣の県に。それもラーメン屋。決意して質問する。

「そもそも幽霊ってハンバーガー食べるんですか？」

「もちろん。だからうちに来るんだよ」

　そうなのか。訝《いぶか》るボクに笑いかけて彼は奥を指差した。さっきのテーブル席だ。

「ほら、さっきより減ってるでしょ」

　小声で言う。そう言われてみればそんな気も……いや疑っては駄目だ。ここは「本当だ」と驚いておくことにする。

「でしょ？　でもほらお代を貰うわけにはいかないからさ。困ってんだよねえ。追い返すわけにもいかないし。ひいきにしてくれるのはもちろん嬉しいね」

肩をすくめるマスター北尾。採算度外視で幽霊にもハンバーガーを提供するとは料理人の鑑《かがみ》である。

そうこうしているうちに注文の品が完成した。ハンバーガー¥550、ランチにはポテトがつく。おお、結構なサイズだ。片手で掴むのは無理かもしれない。では早速いただくとしましょう……

（中略）

ふー、お腹いっぱいです。¥550でこのボリュームはコスパ最高ですね。でもマスター北尾、ただでさえこんなに安くてオマケに無料で幽霊にも提供して、ちゃんと儲けはあるんですか？

「ないない。でもさ、どんなお客さんにも腹いっぱい食べてほしくてさ。そこは分け隔てしたくない。美味しいって食べてくれる、その顔を見るのが何より嬉しいからね」

カッコイイ……。いや素晴らしいですよ北尾さん、一生付いていきま――

「はいはい、コーヒーね」

マスター北尾、奥の席に笑顔で声をかけ、カウンター奥に引っ込んでしまいました。後ろに気配を感じた気がします。

会計時、ふと気になって訊いた。

「奥の席にはどんな方が？」

「あれはね、多分その筋の人。アロハ着てるしオールバックだし、サングラスだしさ」

そっと耳打ちするマスター北尾。いやそれ、見た目で判断しすぎじゃあ……。

「じゃあカウンターは？」

さらに訊いてみる。彼は満面の笑みを浮かべると、

「物凄い別嬪さん。スレンダー系でね。それに本当に美味しそうに食べてくれるの」

鼻の下伸びすぎ。しかしそんな美人なら是非ともお会いしたいものだ、と自分もまた下心を抱いてしまったことを正直に告白します。

「もうすぐ来ると思うんだよねえ、あの子週一ペースで来るから」

遠い目をするマスター北尾。あのう、お会計進めてもらっていいですか？


というわけで幽霊とハンバーガーが食べられる店「シンギン・ハンバーガー」。マスターは楽しいしコスパは抜群だし、ちょっと駅から遠いけど行ってみる価値はアリ。ただし冷やかしは厳禁です！


【追記】

今回取材した「シンギン・ハンバーガー」は、ライターの大先輩である故・守屋雫さんか

ら教えていただいたお店です。既にご存じの方もいらっしゃると思いますが、守屋さんは先月七月に交通事故で亡くなり、その突然の訃報《ふほう》に編集部も執筆陣もとても驚き、そして心を痛めました。いま現在も痛めています。

守屋さんとは一度だけお会いしたことがありますが、自分のような若輩者にもとても優しく、誠実に向き合ってくださいました。本来なら同店の取材執筆は守屋さんがされる予定でしたし、自分も守屋さんの書いた記事を読みたいと心待ちにしていました。ですがそれは叶《かな》わぬ夢となってしまいました。本当に残念です。

ありふれた言葉ですが言わせてください。

「この記事を守屋雫さんに捧げます」

（取材・文／湾沢陸男）

飛ぶストーカーと叫ぶアイドル

一

【ブログ記事タイトル】
明日はライブ！
【記事本文】
やっぽーよっぽーこんにちは！
ついに！　ついに！　ついにこの日が来てしまいましたよ！　そう、不肖わたくし、餅田《もちだ》阿闍梨《あじゃり》改め篠原《しのはら》亞叉梨《あさり》の、実に二年ぶりの、
ラ（絵文字）イ（絵文字）ブ（絵文字）
が！！！！！！

長かった……長かったよ……
傷が治っても、

傷跡が全然目立たなくなっても、
ステージに立つと足が震え、
息が苦しくなってました。
お客さんがいなくてもです。
酷いときは、教室の黒板の前に立つだけで、
冷や汗が出ました。
つまり学校は普通に通ってました（絵文字）

まだ万全じゃありません。
外に出るのが怖くなる時も、ちょっとあります。
何より歌もダンスもそれ以外も、人に見せられるレベルなのか自信ありません。

いや別に「ぱ」で始まる某メジャー事務所さんの某ユニット（大人の事情で書けません！）に在籍してた頃の自分が立派だったなんて言うつもりはないですけど！（絵文字）

対バンです。
持ち時間は十分です。

他のアイドルさんは十五分ですが、少し短くしていただきました。二曲歌います。もちろん「ぱ」で始まる某メジャー事務所さんの某ユニット（大人の事情）の曲は歌いません。小さい頃から大好きなアイドルさんの歌を歌わせていただきます。

前からお友達だった夢乃《ゆめの》たん、未冬《みふゆ》たん、ねりりんもいるから心強いし、何よりみんなのライブが見れるのが個人的に楽しみ（絵文字）

それでも、上手《うま》くできないかもしれない。

ひょっとして、これが最後になるかもしれない。

応援してくれる衆生《しゆじよう》、もといファンのみなさんや、他のアイドルさんやスタッフさんにご迷惑をおかけしてしまうかもしれない。

でも、がんばります。

是非来てください。

場所：ライブハウス「幡ヶ谷《はたがや》フライハイ」
二〇一七年十一月二十四日（金）
一八：三〇開場、一九：〇〇開演
亞叉梨の出番は二〇：三〇予定です（絵文字）

※出演時間は前後する場合があります、予《あらかじ》めご了承ください。

それじゃおやすみ（絵文字）ばいぽー（絵文字）

☆あさり☆

いいね！27　コメント6

※　※

男は携帯の液晶画面から目を離した。コンビニエンスストアの休憩スペースの片隅で、ぼんやりと外を眺める。窓のすぐ向こう、行き交う人々を見るともなしに見る。

つい先ほどまで携帯で閲覧していたブログ記事の一字一句が、頭の中に入っていた。昨夜更新されてから今の今まで、何百回も読み返したせいだ。

篠原亞叉梨が今夜、二年ぶりに表舞台に出る。幡ヶ谷で対バン形式のライブに出演する。

餅田阿闍梨だった頃からずっと追いかけていた、十七歳の少女が。

男はこの日をずっと待っていた。彼女の右腕をバタフライナイフで刺し、何とかイベント会場から脱出し、全国を逃げ回りながらずっと待ち続けていた。

氏素性を偽って住み込みの仕事を転々とした。通報されたことに気付いて間一髪で警察の手を掻い潜《くぐ》ったことは何度もある。髪はこの二年で真っ白になり、歯は半分近く抜け落ち、三十七歳とは思えないほど老いたが、男は気にしていなかった。自分の本当の名前も誕生日も経歴もすぐには思い出せなくなっていたが、何の不安も感じなかった。

もうすぐ全ての苦労が報われるからだ。

愛する亜叉梨を、今度こそ自分だけのものにできるからだ。

羽毛がほとんど抜けてぺしゃんこになったダウンジャケットの、内ポケットに手を突っ込む。指先でレシートとティッシュをかき分け、底にある硬いものを摘まむ。

新しく買ったバタフライナイフの柄だ。

その冷たさを確かめながら、男はしばし回想に耽《ふけ》った。

亜叉梨がSNSで復帰を仄《ほの》めかしているのを読んで、東京に戻ってきたのが三ヶ月前。日雇いのアルバイトをしつつ漫画喫茶を転々とし、この近くで彼女が歩いているのを偶然目撃したのが先週のことだ。二年の間に痩せ、顔立ちは大人びていたが、右頰の黒子《ほくろ》で亜叉梨だと分かった。

日用品を買いに出ていたのだろう、赤いエコバッグを提げてとぼとぼと歩いていた。しかも一人だった。気付かれないように後を付け、住宅街の一角のマンションに入って行くのを確かめた。

以来、男は怪しまれないよう細心の注意を払いながら、周囲を調査した。

マンションはオートロックで管理人が常駐し、宅配便は管理人室のすぐ側の宅配ボックスに預けるようになっている。防犯カメラもある。つまり中に入るのは極めて難しい。部屋番号を特定すること、マンション内に立ち入ることは早々に諦《あきら》め、男は亜叉梨の動向を探り、計画を練った。

一人で住んでいるらしい。出歩く時は周囲を警戒してはいるが、同じく一人だ。新しい事務所は彼女に人員を割くことができないのか、それともオートロック付きのマンションに住まわせれば充分だと油断しているのか。いずれにしても好機だ。

壁の時計を見上げる。午後四時。そろそろだ。

男は席を立ち、店を出た。そのまま彼女のマンション近くの公園に向かう。奥の汚れた倉庫の陰にしゃがみ、茂み越しにマンションの玄関をうかがう。

待つこと十五分、玄関扉が開いた。

亜叉梨だった。キャリーバッグを引いている。ハート柄の大きなマスクをしているが、顔色が悪いのはすぐ分かった。俯《うつむ》きながら歩いているせいで、こちらに気付く様子は全くない。

男はバタフライナイフを内ポケットから取り出すと、ゆっくり腰を浮かした。亜叉梨との距離を詰める。最初は徐々に、途中から一気に。

視界の隅に人が立っていた。見られている。目撃者がいる。だがもうどうでもいい。

「亜叉梨」

男は歓喜とともに、彼女の背中に呼びかけた。

※　※

「そうだ、こないだの撮影あったでしょ、オーラ体操の」

「ええ」

僕が答えると、島原《しまばら》さんはギロリと目を剝《む》いた。鬼瓦のような顔。鼻の穴が膨らんでいる。何かミスをしてしまったのだろうか。例えばうっかり録画ボタンを押し忘れていただとか。考え得る限り最悪の不手際だ。

冷や汗を背中に感じた瞬間、彼は不意に目を細め、

「初めてカメラ触ったにしちゃ上出来」

と笑った。緊張が一気に解け、僕は「よかったあ」と壁にもたれた。

十一月二十四日、午後六時。幡ヶ谷駅から徒歩五分。僕は商店街の外れにあるライブハウス「幡ヶ谷フライハイ」の、ガランとしたフロアの隅にいた。島原野武士《のぶし》さんの撮影助手をするためだ。

成り行きでウェブマガジンのライターをするようになって、もう二年。書いたものがネッ

トで話題になったり、『アウターQ』以外からも執筆依頼が来たりと、分かりやすい形で結果が出るようになったが、かといって裕福になったわけではない。取材や執筆以外にも挑戦した方がいい、今はその時期だ、などと焦り半分のチャレンジ魂が芽生えたりもした。そんな時に島原さんと知り合った。

島原さんは平たく言えば「何でも屋」の中年男性だ。取材も原稿執筆も、写真撮影も動画撮影も、DTPもDTMも映像編集もする。この世界によくいる――というより増えているタイプの人だ。雑誌編集者が誌面のデザインもし、スチールカメラマンが手持ちのデジタル一眼レフカメラで動画撮影もする時代だ。「一人編プロ」を自称する人とも何人か会ったことがある。

三度ほど顔を合わせた辺りでさりげなく相談してみたところ、すぐさま「じゃあ撮影手伝ってよ、あと運転も！」と頼まれた。それが二ヶ月前のことだ。小規模なスピリチュアル団体の不可解なダンス「オーラ体操」を、千葉の外れのホリゾントスタジオで撮影した。皺くちゃで総白髪《そうしらが》の男性である代表、愛想のいい女性秘書をはじめ、会員はごく普通の人たちばかりで、身構えていた僕は大いに拍子抜けした。

運転は片道一時間、撮影は三時間。昼食は先方の奢りの出前で、島原さんから貰ったギャラは一万円だった。どう考えても貰いすぎだ。そう言うと、島原さんはニコニコして答えた。

「これはね、恩を売ってるんだよ」

今回の撮影に呼ばれたのは午後二時、つい四時間前のことだった。

アシスタントをお願いしていた知り合いの学生が、バイク事故に遭ったという。命に別状はないそうだがここに来ることは叶わず、島原さんは直近で恩を売った僕を呼んだ。前回と同じくギャラは一万円、プラスで夕食を奢ってくれるという。原稿が捗《はかど》らず家でごろごろしていた僕は、二つ返事で引き受けたのだった。

「ごめんね、急に呼んで」

「いえ、全然」

駅からここに来るまでの間、何度か繰り返したやり取りをまたしてしまう。三十平米あるかないかの狭いフロア。黒い床に腰を下ろして、島原さんはビデオカメラの掃除をしていた。ブロアーでレンズに空気を吹きつけ、埃を飛ばす。僕は預かったサブのビデオカメラにＳＤカードを二枚挿入し、電源を入れて液晶画面を確認した。二枚とも問題なく認識している。

照明の当たったステージを時折スタッフが歩いているが、こちらには目もくれない。ここに来てすぐオーナーに挨拶したが、驚くほどそっけなかった。ライブハウスに通う習慣はないが、この愛想の無さは今どき珍しい。

ドアの向こう、ラウンジスペースから談笑が聞こえる。出演者が来たのだろう。地下アイドル、ライブアイドルと呼ばれる人たちだ。

今日の仕事は、アイドルの対バン形式のライブを撮影することだった。といっても全部を撮る必要はない。僕たちが撮るのは終盤に出演する一人だけだ。所属する事務所から依頼を受けた、DVDの特典映像用だ——と、島原さんから聞いている。

その一人とは篠原亞叉梨。元・餅田阿闍梨だった。

〝仏教系〟を謳《うた》うアイドルグループ「ぱ《パ》☆GO《ゴ》！陀《ダ》」の元メンバー。

「ぱ☆GO！陀」は大手事務所が擁するグループで、ブレイクこそしていないものの知名度はそれなりに高い。僕でも知っているくらいだ。デビューして数年はテレビにもよく出ていて、軽妙なトークで場を沸かせていた。

彼女たちの活動に影が差したのは、二年前の事件が原因だ。当時は六人組だった。

餅田阿闍梨が握手会イベントで、暴漢に刺されたのだ。あろうことか暴漢は口の中にナイフを忍ばせ、セキュリティを突破していた。男は彼女の右腕を刺して逃走し、未だに捕まっていない。

居合わせていたファンが撮影し、SNSに投稿した画像を今でも思い出せる。長いテーブルに突っ伏す阿闍梨。顔は見えない。投げ出した右腕は真っ赤に濡れ、白い衣装とテーブルクロスも赤く染まっている。周囲には誰もいないが、一つ年上のメンバー、初芝輪廻《はつしばりんね》だけがハンカチを手に、阿闍梨に駆け寄ろうとしていた。

阿闍梨が「ぱ☆GO！陀」を〝卒業〟したのは、事件から三ヶ月後のことだった。公式サイトに「芸能活動を行うことは困難と判断し」などと曖昧に、そっけなく理由が書かれていたのを覚えている。以来、五人編成になった「ぱ☆GO！陀」をテレビで見ることは減った。

阿闍梨はそのまま引退したと思っていたが、小さな事務所に移籍し、芸名を変え、学業の傍ら復帰に向けてレッスンを重ねていたという。ネットでの活動は継続していたらしいが知名度の低下は止められず、ブログやSNSのコメント数、「いいね！」の数は寂しいものだ。

電車に乗っている間にスマホで閲覧し、僕は時の流れの残酷さを思った。そしてブログの文面から彼女の不安を読み取っていた。そうまでしてアイドルでありたいものだろうか、と単純な疑問を抱きもした。いや、今も抱いている。

暴漢に襲われ、傷を負い、怯えながら再び人前に立つ。大勢の目に晒《さら》される。そのことにどんな価値があるのだろう。彼女はどんな意味を見出しているのだろう。

「意味なあ」

島原さんの声で僕は我に返った。思ったことを口に出していたらしい。

「すみません、偉そうなこと言って」

「全然。俺もこっちの仕事はちょくちょくやってるけど、未だに謎だよ。こんな——」島原さんはここで声を潜めると、「ショボいハコで、せいぜい三十人くらいの客の前で歌ったり踊ったりして、むさくるしい野郎どもと握手したりツーショット写真撮る意味なんてな。どれだけグッズが売れてもギャラなんて雀の涙か、ゼロってことも有り得る」

「そんなのアリなんですか」

「ナシに決まってるけど、事務所に言い包《くる》められてる子は大勢いるよ。要するに搾取されてんの。阿闍梨……いや、亞叉梨がそうかは知らないけど」

島原さんは悲しげな微笑を浮かべた。初対面の時は寡黙な印象だったが、今日はやけに饒舌《じょうぜつ》だ。

ドアが開く音がして振り返る。

そばかすだらけの少女が、キャリーバッグを引いてフロアに入ってきた。顔色が酷く悪いのが薄暗い中でも分かる。ハート柄のマスクが片方の耳にぶら下がり、長い黒髪にもピンクのファーコートにもそこかしこに枯れ葉がくっついているが、気付いていないらしい。充血した目が泳いでいる。口は半開きで唇はかさかさに乾燥している。向かって右の頬に黒子が二つ並んでいた。足取りはふらふらと覚束《おぼつか》ない。

「あ、亞叉梨さん？」

島原さんが驚いた様子で問いかけた。カメラを置き、スマホを摑んで立ち上がる。少女が怯えた表情で島原さんを見上げる。

「おはようございます、カメラマンの島原です。以前何度かＤＶＤの現場で」

穏やかで丁寧な口調に、少女の顔がわずかに弛んだ。

「……ざいます」

篠原亞叉梨はかすかな声で挨拶を返した。不安そうに辺りを見回す。島原さんは強張《こわば》った顔に笑みを貼り付けて、「楽屋ならこっちです」と歩き出した。亞叉梨は全身を竦《すく》めて後に続く。蚊の鳴くような声で何か言っていたが、僕には聞き取れなかった。

誰もいなくなったフロアで、僕は準備を進めた。中央右手の柱の脇、少し高台になっているところに三脚を置き、とりあえずの撮影場所を確保する。カメラバッグと三脚のケースもすぐ側に固めておく。

考えていたのは亞叉梨のことだった。心配していた、と表現した方が正しいかもしれない。さっきの様子を見る限り、明らかに彼女は平静ではない。あれで人前に出られるのか。マネージャーはどうした。ケアしないでいいのか。一人でここまで来させたのか。

あんなに怖がっている年端《としは》も行かない少女を、僕はこれから撮らなければならないのか。軽く引き受けた仕事の業《ごう》の深さにようやく気付き、罪悪感を抱いたところで、

「はよざいまーす」

嗄《しわが》れた女性の声がして、僕は顔を上げた。

茶髪を寝癖で爆発させた赤ら顔の女性が、キャリーバッグを引きながら近付いてきた。二十歳くらいだろうか。オレンジ色のジャージの上下。青いどてらの裾をずるずると引きずっている。片手に酎《ちゅう》ハイのロング缶を握っている。

女性はロング缶をあおると、ぷはー、と大きく息を吐いた。酒の臭いが鼻を突き、思わず顔をしかめてしまう。客だろう。酔った勢いで入ってきてしまったに違いない。

「開場は六時半からですよ」

「あれ……？」

彼女はどてらの袖で口元を拭いながら、

「楽屋どこっすか？」

と訊いた。ということはスタッフか。酔って仕事をすることが許されているのか、それともこの女性が酷すぎるだけか。

「今日っておかえり阿闍梨的な対バンライブっすよね？」

不明瞭な口調でまた訊く。何と答えるべきか迷っていると、彼女は再び酎ハイを飲んでフロアを見回す。キャリーバッグには様々なアイドルグループのロゴが貼られていた。

やはり客だ。おそらく亞叉梨の熱心なファン。そしてきっと、危険なタイプのファンだ。

さっきからあらゆる言動が不審で、まともに応対していいとは思えない。

「とりあえずまだ開場してないんで、一旦出た方が……」

「なんで？　わたし出演しますよ？」

彼女は真顔で言ってのけた。あまりにも見え透いた嘘に噴き出しそうになるのを堪え、僕は彼女に向き直る。酒臭さに噎《む》せそうになりながら、

「そういうのはアレなんで、一緒に出ましょうか」

井出さんみたいな口調だな、と可笑《おか》しくなる。

「お兄さん、スタッフの人？」

「いえ、違います」

僕が答えると、彼女はまじまじと僕を見つめた。

「……『アウターQ』で口噛み酒自作してたライターさん？　名前はええと、湾沢陸男」

正解だ。しかも口噛み酒は直近の記事だ。場違いな嬉しさが込み上げ、つい笑みがこぼれてしまう。

「読んでくださってありがとうございます。でもそれはそれとして」

「だからわたし出演するって」

「はいはい、ですよね。でもその前に外に出ま――」

「あれ？」

いつの間にか戻ってきた島原さんが、目を丸くして言った。

「ねりりん、久しぶり」

「はよざいます」彼女は空になった缶をパキパキと握り潰して、「楽屋は？」

「うん、案内するよ」

面倒くさそうな顔一つせずに言うと、島原さんは再びドアの方へ歩き出した。

「ちょ、ちょっと待ってください、部外者を勝手に入れたらまずいですよ」

「部外者？　ああ、そっか」

島原さんは立ち止まり、女性を手で示して、

「こちら一部のマニアに絶大な人気を誇るライブアイドル、練馬《ねりま》ねりさん」

と言った。

「へ？」と間抜けな声が僕の口から出ていた。こんな格好をしておまけに酔っ払っているこの女性が、アイドルだとは信じがたい。

「地底っす、地底」女性――練馬ねりがぶっきらぼうに言う。

「へ？　え？」

「地下アイドルの最下層のことだよ。だから地底……ってねりりん、自虐はよくないなあ」

「事実っすよ」

片手で缶をぺしゃんこにすると、彼女はニッと笑みを浮かべた。

二

ライブが始まったが客はせいぜい二十人いるかいないかで、人を掻い潜らなくても普通にフロアを歩き回れるほどだった。知らないソロアイドルが呪文のような早口言葉で挨拶をして三、四曲ほど歌を披露し、踊り、妙に間延びした声でファンに呼びかける。「ほい！　ほい！」「声ないよー！」その他もろもろ。

ステージ前に集った数人のファンが所定の掛け声で答え、所定の振り付けで踊る。所謂《いわゆる》「オタ芸を打つ」というやつだ。そうした状況すべてが「出来上がっている」と感じたが、楽しそうではあったし、見ている僕も楽しい。アイドルが退場し、別のアイドルが現れる。それにあわせてフロアの客たちも立ち位置を変える。その繰り返し。

僕は録画ボタンを押さずにステージにカメラを向け、リハーサルがわりにアイドルの動きを追った。三脚のハンドルを操作して、少女の動きをフレームに収め続ける。理想的な明るさは望むべくもないが、それ以外——構図や動作はちゃんとしておきたい。液晶の表示とイヤホンで、ガンマイクから音を拾っていることは確認済みだ。

島原さんは反対側の柱の前で、同じようにカメラを動かしていた。

七時四十五分。

巫女《みこ》のコスプレをした三人組のアイドルグループが退場すると、スタッフたちが三人現れた。ステージの中央にブルーシートを敷き、養生テープで留める。そこに大きなちゃぶ台を置き、更にその上にカセットコンロ、フライパン、ボウル、俎板、その他調理器具を並べる。フロアの後方で雑談していた客が前に向かい、ラウンジにいた客が何人か入ってくる。モニタで見て興味を引かれたらしい。

スタッフが袖に消えてしばらくすると、青いどてらを羽織った茶髪ボブの女性がよたよたとステージに現れた。練馬ねりだ。最前列に陣取った三人の中年男性が「ねりりーん！」

「フー！」と、声を揃《そろ》えて呼びかける。

彼女は白いレジ袋をガサガサ鳴らしながら歩いている。ちゃぶ台の前で足を止めると、手にしたマイクを顔に近づけて、やる気のない声で自己紹介する。

「練馬のビヨンセ、練馬ねりです」

「それは〝ちゃんみな〟！」

三人の男性がすぐさま突っ込みを入れる。そんな通り名の女性ラッパーがいたな、と頭の隅で思い出す。これもお約束らしい。

「ふっ」

彼女はクールな笑みを見せると、

「今日も頑張ります」

お辞儀をして座り込んだ。レジ袋の中身を次々とちゃぶ台に放り出す。パック入りのひき肉、玉ネギ一個、パン粉、牛乳、卵、ポン酢、もやし、大葉、大根、サラダ油。そして酎ハイのロング缶が三本。

「十五分で晩ご飯」

そう言うと、練馬は大根とおろし金を摑んだ。有名な料理番組のオープニングテーマに似たイージーリスニングが、フロアに鳴り響く。

開演前、僕は島原さんに彼女について聞いた。二十二歳のフリーのライブアイドル。活動歴は三年。ネットの動画配信と、今回のような小規模の対バンライブを中心に活動している。どちらの場でも酒を飲んで料理を作るのが、彼女のパフォーマンスだ。歌は歌わずトークもほとんどないという。

聞いた時は意味が分からなかった。実際に目の当たりにしている今も信じられないでいる。練馬は黙々と大根をおろしていた。大根特有の刺々《とげとげ》しいにおいが鼻を刺し、ＢＧＭに交じってしゃりしゃりという音がスピーカーから流れている。

彼女はたった十五分で和風おろしハンバーグと、付け合わせのもやし炒《いた》めを作り上げた。フロアのほとんどが何のリアクションもできずその様を見守っていた。僕も同様だった。当初はたまにコールしていたファン三人組も、中盤からは大人しく彼女の手さばきを見ていた。

「できました」

練馬は両手で料理を示してから、酎ハイ缶の最後の一本を飲み干した。腕前は立派なもので盛り付けも悪くない。つまり美味しそうではある。だがこれを見せられてどう反応していいか、全く分からなかった。ファン三人も含めてフロアにいた全員が「おおお」と曖昧な歓声を上げながら拍手し、僕はとりあえずそれに倣《なら》った。

彼女が皿を捧げ持ったまま袖に引っ込むと、スタッフが当たり前のことのようにステージの片付けを始めた。

「すごいですね。シュールって言ったらいいのか」

ライブハウスの外、灰皿の近くで僕は島原さんに言った。ビデオカメラを片手に一台ずつ提げて、寒さに身体を縮める。

「パンクだよ」

島原さんは煙草《たばこ》を吹かしながら晩秋の夜空を見上げた。向かいの弁当屋から漏れる蛍光灯の光が、人通りもまばらな商店街を照らしている。

「ステージ上飲食禁止のハコも多いから、ライブできる場所も限られてるんだってさ」

「じゃあ何でわざわざ料理なんかするんですか」

「本人に訊いてみたら?」

彼はスマホを持った手でライブハウスの入り口を示した。急勾配で狭い階段。フライヤーがびっしりと貼られた壁に手を這わせながら、練馬ねりがゆっくりと上ってくる。

「おつかれさま」と島原さんが声をかけた。

「かれさまでーす。あれ、煙草止めてないんすか?」

「うん」島原さんは肩を竦めた。「酷いでしょ? 湾沢くん吸わないのに寒い中連れ出して、カメラ持たせてまで吸うんだから。ごめんね」

「いえ、とんでもない」

「依存症っすね」彼女は呆れたように言い放つと、どてらの袂《たもと》から「鬼ころし」の小さな紙パックを取り出した。ストローを挿し、ちゅうちゅうと吸い始める。さっき顔を合わせた時よりさらに酒臭くなっている。

「また楽屋追い出されたの？」

スマホをいじりながら島原さんが訊ねた。

「そういう空気になったっていうか、されたっていうか。まあ未成年いるんでこっちが折れた」

「すきっ腹はよくないよ」

「大丈夫っす。さっきのハンバーグ食べたんで」

へっ、と笑みをこぼす。にんまりと目が細くなり、綺麗《きれい》に並んだ白い歯が唇から覗く。メイクを落としてさっぱりした顔は、意外に中性的で整っている。

意表を突かれて僕は思わず見入ってしまった。

「何か付いてます？」

「あ、いえ……歯並びがイイなあと」

誤魔化したつもりが余計に偏執的な発言になってしまい、心の中で慌てていると、

「これ全部差し歯っすよ。酔ってすっ転んで顔から落ちた。最悪」

「うわ」

「じゅうにね……いや三年前っす。これ始めるちょっと前。安物だからブラックライトで光るんすよねえ」

そ知らぬ顔でストローを咥《くわ》える。大変なことを聞いてしまった気がするが、僕は無視を決め込んだ。咳払《せきばら》いして話題を変える。

「ええと、練馬にお住まいなんですか？」

「松戸《まつど》」

千葉だ。東京ですらないのか。だったら何故そんな芸名を、と訊こうとしたところで、

「亜叉梨とは話した？」

島原さんが訊いた。練馬の顔が少しだけ曇る。

「ちょっと。受け答えは普通。過呼吸とか体調悪そうとかもない」

「できそうだった？」

「どうなんすかね。なんか、こう……」

左手で右の二の腕を擦《さす》る。

「やってましたよ。ずっと」

「ううむ」と島原さんが唸った。傷が疼《うず》くのか、無意識に触ってしまうのか。あれこれ憶測していると冷たい風に頬を撫でられ、僕は「おお」と声を上げた。

瞬間、背後から激しくぶつかられた。転びそうになって咄嗟に両手を上げてカメラを守る。

「ちっ」という舌打ちの音を聞きながら踏ん張り、何とか転倒を免れ、僕は振り返った。

古びたダウンジャケットを着た背の高い男が、亀のように首を竦めてすぐ側を通り過ぎた。

暗いのとニット帽とマフラーのせいで、顔は見えない。男はこちらを見もせずに階段を駆け降りると、ドアをくぐって消えた。

沈黙が続いたのは五秒か、十秒か。最初に口を開いたのは島原さんだった。

「大丈夫？」

「ええ」僕は殊更《ことさら》に明るい声で、「見えなかったんじゃないですかね。ほら、僕ちっちゃいんで」と冗談めかして返す。

「詫びの一つも無しかよ」

島原さんは怒った顔で階段を見下ろした。

ずずず、と練馬が残った清酒を吸い尽くした。

三

戻ってカメラを三脚に固定し、ぼんやりとライブを観賞する。開演当初より客はずっと増えていて奇妙に思ったが、すぐ腑に落ちる。彼ら――二十から三十代の男性が多い――の着ているTシャツの胸には、マゼンタのポップ体で「ＡＳＡＲＩ」、背中には「ＡＪＡＲＩ」とプリントされていた。

妙な緊張を覚えていた。

彼女が無事にライブをすることができるのか、というのがまず一つ。たった十分とはいえ大勢の前で歌い、踊り、笑顔を振りまくことができるのか。先の練馬の話だと、決して万全とはいえないようだ。それに――

僕はフロアのあちこちに目を凝らしていた。無意識にさっきの男を捜していた。理由は自分でもよく分かっていない。決め付けはよくないと分かってはいたが、男からはただならぬ気配を感じた。ぶつかられてからずっと気持ちが晴れない。

これは胸騒ぎだ。

よくないことが起こる予感がして、気が気ではないのだ。そう俯瞰して分析してみても、少しも落ち着かなかった。それどころか、客が増えフロアが賑《にぎ》わえば賑わうほど、ますます不安になっていた。

男の姿は見当たらなかった。いかにも不審者ですと言わんばかりの格好をしていたが、それらしき人物はどこにもいない。客たちの向こうに島原さんが見えた。そわそわと落ち着かない様子で、スマホと周囲を交互に確認している。

とんとん、と背後から肩を叩かれた。

練馬ねりが立っていた。何か喋《しゃべ》っているが騒々しくて聞き取れない。

彼女の口元に耳を近付ける。

「――ました？」

「え？」

「さっきのやつ、いました？」

酒臭い息が顔にかかった。

彼女も気になっているのか。それでフロアに来たのか。ずっと飲んではいるし顔も赤いが、意識は明瞭らしい。僕は首を横に振って、「トイレかもね」と無難な可能性を指摘する。

「いなかったすよ。見てましたけど」

彼女はそっけなく答えた。袂から新たな「鬼ころし」を取り出す。ラウンジからまた亞叉梨のファンが何人か入って来て、島原さんに挨拶している。顔見知りらしい。

「島原さん、篠原亞叉梨のファンなのかな？」

「最古参すよ。『ぱ☆ＧＯ！陀』の前身『そ♪ｔｏば』の頃から阿闍梨推しっす。ここにいるファンの中で島原さんのことを知らない人はいないすよ」

「そうなんだ」

気を紛らすための雑談も長続きしない。

フロア後方の壁際では、アイドルそっちのけで談笑している客が何人もいる。スマホを弄《いじ》っている背の高い男性の眼鏡《めがね》には、液晶の光が反射している。悪酔いしたのか、自力で歩けなくなったらしい男性もいた。両脇から同行者らしい男性二人に抱えられ、引きずられるように壁際へと連れていかれる。三人ともこちらに背を向けているので、顔は見えない。左右二人の背中には「ＡＪＡＲＩ」の文字。

中央あたりで何人かが唐突に大笑いし、曲と全く合っていない拍手を始める。アイドル二人が一瞬、戸惑いと悲しみの表情を浮かべた。

ストローを咥えたまま練馬がステージを眺めていた。

不安と焦燥感が拭えないまま、時間だけが過ぎていった。プロレスラーと兼業しているという体格のいいアイドルがローキックでバットをへし折り、大歓声とともに退場する。僕も自然と手を叩いていた。「温まっている」とはこういう状況を言うのだろう。

島原さんの合図でビデオカメラの録画ボタンを押す。画面の右上に赤い丸が表示され、タイムコードが動き始める。

いよいよ篠原亞叉梨の出番だ。

案の定と言っていいのか、人々の間から「亞叉梨ちゃーん」「亞叉梨っ」と声が上がった。誰かが「阿闍梨っ」と叫んで左右から頭を叩かれ、周囲で笑いが起こる。揃いのＴシャツを着たファンたちの笑顔はどこかぎこちない。

彼らも緊張しているのだ、と今更のように気付いた。果たして亞叉梨が以前のように人前に立てるのか、言葉通り「復帰」「再起」できるのか、気になって仕方ないのだ。

少しずつざわめきが収まっていく。亞叉梨のファンでなさそうな人たちも口を閉ざしている。誰もいないステージに、見えないはずの視線がたくさん集まっているのを感じた。

「来い、来い、来い、来い……」

背後のハスキーな囁き声が練馬のものだと気付いた、次の瞬間。

音楽が鳴り響いた。

タイトルは思い出せないが十年近く前に流行ったメジャーアイドルの曲だ。

下手から亞叉梨が飛び出した。

天使のような衣装を身にまとっている。頭上に輪こそないものの、白い翼を背負っている。

「衆生の皆さん、こんばんは！」

輝かんばかりの笑顔で、彼女は「ぱ☆GO！陀」の挨拶をしてみせた。

大歓声が上がった。

亞叉梨がステージ中央で踊り出す。フロアの前半分に陣取ったファンたちが「おい！　おい！」と声を張る。

いつの間にか鮨詰《すしづ》めになったフロアが揺れていた。

僕は液晶モニタを見ながら、ハンドルを操作して亞叉梨の動きを追った。前方の十人ほどがオタ芸を打っている。

ファンたちに倣って自分も小声でコールしていると気付いたのは、曲が終盤を迎えた頃だった。

ズームした亞叉梨の顔は溌剌《はつらつ》としていた。吹っ切れたのか職業意識の賜物《たまもの》か、少しの陰も見せない。よかった、と思ったところで右腕が目に留まる。衣装はノースリーブで二の腕は露出していて、傷跡らしきものは裸眼でもモニタ越しでも見えない。

目を凝らしてようやく気付いた。

彼女は肌色のテープを二の腕に巻いていた。テーピングというやつだ。そんな風に隠していることが「残っていること」を露骨に示していて、ちくりと胸が痛んだ。

曲が終わるとともに、男性の太い歓声と拍手がフロアに轟《とどろ》いた。早くも額に浮かんだ汗をリストバンドで拭うと、亞叉梨が身振りを交えて挨拶する。

「十万億土の彼方から、衆生を癒やしに降臨しました。お手々の皺と皺を合わせて幸せ！餅田阿闍梨もとい篠原亞叉梨です！」

またしても大歓声が上がる。すぐ横で練馬が「いいぞー」と呼びかける。

「ご声援ありがとうございます」

亞叉梨がフロアを見渡しながら、「久しぶりすぎて、その……」

言葉に詰まる。辺りに緊張が走る。

「ごめんなさい、なんか胸が一杯になっちゃって」

照れくさそうに笑うと、ファンたちがどよめいた。「亞叉梨ー」と太い声。「がんばれー」と女性の声援も飛ぶ。

亞叉梨の顔から笑みがスッと消えた。ライブが始まる前、フロアで会った時と同じ怯えた表情になる。

僕まで息が詰まった。胸が苦しい。

会場の空気が変わりそうになった瞬間、

「もう一曲お付き合いください！」

亜叉梨は踏ん張るようにして言った。笑顔に戻っている。ファンたちが「おー！」と叫ぶのと同時に、音楽が鳴り始めた。これも昔のアイドルソングだった。ロックテイストで曲調はかなり激しい。

フロア中央でおしくら饅頭《まんじゆう》が始まった。興奮した客が他の客にわざとぶつかっている。モッシュというやつだ。学生時代に行ったロックフェスでこれに巻き込まれ、痛い思いをした記憶があった。

最前列ではオタ芸とコール。中央ではモッシュ。ヘッドバンギングをする客も、デタラメに踊る客もいる。

亜叉梨は両手でマイクを握りしめ、声を振り絞って歌っていた。頰に汗が光る。

あちこちで「クラウドサーフィング」が始まっていた。痩せた男性客たちが人々の頭上に持ち上げられ、泳ぐようにして運ばれている。「ダイブ」と呼ぶのだとずっと思っていたが、厳密には違うと何かで聞いて知った。

島原さんがいつの間にか前方にいるのが、人波に紛れてちらりと見えた。カメラを両手で捧げ持つようにして、盛り上がる人々を撮っている。

亜叉梨は拳を振り上げてサビを熱唱していた。

またクラウドサーフィングする客が現れた。何人かに担がれるようにして人々の頭上に身体を投げ出し、ひしめき合うファンたちの手でステージの方に運ばれていく。人々の手の動きに身を任せるように、客は仰向けで天井を見上げ、だらりと全身の力を抜いている。

客はニット帽を目深《まぶか》に被っていた。

ぺしゃんこのダウンジャケットを着ていた。表情は全くない。

どくん、と心臓が大きく鳴った。あの男だ。僕はモニタから目を離した。

男はクラウドサーフィングを利用してステージに向かっている。ファンたちの力で亜叉梨に近付いている。見ている間に男は最前列にまで達した。

背後から激しく服を引っ張られた。

練馬が緊張の面持《おもも》ちで、僕を見ていた。

爆音に紛れて島原さんの怒号が聞こえたが、何を言っているかは分からない。

男は仰向けのまま、ファンの頭上を漂っている。ステージ中央で歌う亜叉梨の、すぐ前に迫っている。ファンたちは一向に男を下ろそうとしない。

ぐらり、と男の身体が人波の上で揺れた。

「あっ」

僕は思わず声を上げていた。

男は放り出されるようにして、ステージに頭から落ちた。着地に失敗したのか、ごろりと転がる。

亞叉梨が歌唱を止めた。顔も身体も一瞬で強張るのが、遠目からでも分かった。伴奏だけがフロアに鳴り響く。今までとは違うざわめきが広がる。

「いやああっ！」

マイクが亞叉梨の悲鳴を拾った。幼い顔が恐怖に引き攣《つ》る。その場を動けないでいる。

最悪の展開を妄想してしまっていた。

男が立ち上がる姿、ナイフを手に亞叉梨に襲いかかる姿が頭に浮かんだ。何とかしなければ、でもどうにもできない。時間が止まったような感覚に襲われたところで、

「うおおっ」

雄叫《おたけ》びとともに一人の青年がステージに上がり、寝そべったままの男に飛びかかった。馬乗りになって押さえつける。遅れてスタッフ何人かが舞台袖から現れ、男と亞叉梨の間に立つ。

「こいつ！」

青年が叫ぶと片手を振り上げた。

逆手《さかて》に握りしめたナイフが光る。

亞叉梨ファンなのがTシャツで分かった。

「やめろ！」と島原さんがカメラを振って叫んだ。人混みに押されながら「誰か止めろ！まずい！」と続ける。

青年は構わずナイフを振り下ろした。また振り上げ、また振り下ろす。音楽にかき消されて音は聞こえない。この位置からではハッキリとは見えない。でも何が起こっているのかは分かった。青年が男に何をしているのか、克明に想像できていた。

ナイフが照明の光を反射している。

スタッフが後ろから青年を取り押さえる。

女性スタッフに抱きかかえられた亞叉梨が、完全に虚脱した顔でその様子を眺めている。顔は蠟《ろう》人形のように固まり、色を失っている。

ライブハウスが大混乱に陥った。誰かがぶつかって三脚が大きく揺れる。僕は慌ててカメラを両手で摑んだ。

四

男はステージで手足を投げ出し、動かなくなっていた。土気《つちけ》色の顔。痩せた頰には無精ひげが生え、うつろな目は天井を見上げている。

ダウンジャケットがはだけていた。うっすら血の滲んだスウェットの胸元に、無数の穴が開いていた。

島原さんが側に跪《ひざまず》いて、男の首に指を当てていた。暗い顔で首を横に振る。

死んだ、ということか。

スタッフに囲まれて座り込んでいた青年は、全く反応しなかった。前歯が目立つ、齧歯《げっし》類を想起させる顔立ちと体格。手には血に濡れたナイフが握られたままだ。舞台袖で亜叉梨が泣いていた。側にいるフリースの男性は遅れて現れたマネージャーだろう。茶髪に口ひげ、肉付きのよすぎる顔が胡散《うさん》臭いが、本当に心配そうに亜叉梨を見つめていた。奥に出番を終えたアイドルたちの姿が見えた。身を寄せ合って好奇の視線でこちらを、そして亜叉梨を見ていた。

一一〇番したのは僕だった。警察はまだ来ない。

スタッフと話し合いをしている島原さんを横目に、僕はステージからフロアを眺めた。客たちは不安そうに立ち尽くしている。ざわめいてはいるが一様に暗い。祈るように手を組んでいる者もいる。今は落ち着いているが、さっきまでは亜叉梨を励ます声が上がっていた。

亜叉梨気にするな。

大丈夫だよ亜叉梨。

負けんな亜叉梨。

亜叉梨、俺らがついてるよ。

亜叉梨はビールケースに腰を下ろし、手渡されたタオルで顔を覆った。身体が震えているのが分かる。手足までもが青ざめている。

真面目な記者やライターなら、この状況を記事にしたいと思うのだろう。今ここにいることを幸運だと思うのだろう。金勘定でそう思う人もいるだろうけれど、職業意識に衝き動かされる人の方が多いのではないか——そんなことをぼんやりと考えていた。

であれば僕はライター失格だ。通報という市民の義務らしきことをしただけで、それ以上は何もできないでいる。どう立ち回るかも決められずにいる。

ぐすぐすと亜叉梨が洟《はな》を啜《すす》る音が、タオルの奥から聞こえた。

「……こ、これでいい」

出し抜けに青年が言った。ことん、とナイフを取り落とし、スタッフの一人が素早く摘み上げる。真新しいバタフライナイフだった。

「こいつ、例のストーカーでしょ。あ、亜叉梨を刺して、にに、逃げ回って、指名手配されてた、や、やつ」

僕に向かって話す。

「ああ」

島原さんが答えた。青年の傍らにしゃがみ込むと、

「森《もり》くん、でもこれはやばいよ」

諭すように言う。知り合いらしい。

「いい、いいんです。僕が、僕が一人で全部被ります。やっぱり巻き込むわけにはいかない。僕一人で、他のみんなには絶対」

「落ち着け」

静かに、でも強い口調で島原さんが窘《たしな》めた。

熱狂的なストーカーを熱狂的なファンが殺した、というわけだ。美談のような皮肉のような、簡単にオチがつけられない事件。何より当のアイドルがダメージを受けていることが悲しい。マネージャーがスポーツドリンクのペットボトルを亞叉梨に差し出していた。

酒の臭いが鼻を突いた。

練馬ねりがいつの間にか隣に立っていた。鬼ころしのパックを手に、ぼんやりと死体を見下ろしている。酔っているせいか、それとも肝が据わっているせいか、特に驚いたり怖がったりはしていない。だがこの場にいるのはよくない。

「ここは大人に任せなよ」

「わたしも大人っすよ」

練馬はあっさりと突っぱねた。顔を上げ、僕を見据える。いや――見ているのは僕ではない。舞台袖にいる亞叉梨だ。視線の向きでそう憶測していると、練馬は不意に小さく舌打ちした。続けて森青年を、島原さんを見下ろす。ややあって、彼女は死体に近付いた。屈み込んで顔をのぞき込み、ためらいなく手を伸ばす。

僕が声を上げる前に、練馬は死体から帽子を剝《は》ぎ取った。脂っぽい白髪に指を突っ込む。

「ちょ、ちょっと」僕は慌てて彼女の側に駆け寄ると、「触っちゃまずいよ。現場保存だっけ？　やっとかないと」

練馬は答えず、遺体の頭を撫で回した。行動の意味が分からず戸惑っていると、

「あーあ。やんなるなあ」

面倒くさそうに天を仰ぐと、彼女は立ち上がった。ずず、とストローを鳴らし、大きく息を継ぐ。島原さんも森青年も、スタッフも怪訝な顔で彼女を見つめていた。

練馬が歩き出した。どてらの裾を引きずりながら舞台袖へ向かう。僕はほとんど無意識に、彼女の後を追っていた。

亞叉梨の傍らでゆっくり立ち止まると、頭を掻きながら、練馬は言った。

「練馬です。ちょっといいすか」

少しの間があって、亞叉梨がかすかにうなずいた。タオルで顔を隠したままだ。

「亞叉梨さん。さっきのあれ、ぜんぶ茶番っす」

練馬は真顔で言った。

ぴくり、と亞叉梨が肩を震わせる。

「ファンの人らが庇《かば》ってくれてんすよ。ステージに落ちてきた時はビビッたでしょうけど、もう薄々気付いてるんじゃないすか」

唇を尖らせて練馬が続ける。

「きっとこの場の誰かが偶然見たんすよ。亜叉梨さんがやったこと全部」

「え？」

僕は思わず声を上げていた。マネージャーが険しい顔で練馬を睨み付けている。

「でも小細工は絶対にバレます。森って人が余計なことしたから分かりやすくなった。わたしが気付くくらいっすよ？　警察の目を誤魔化せるわけがない。だから——亜叉梨さんのこともいずれバレる」

亜叉梨がタオルを顔から離した。充血し潤んだ目で練馬を見上げる。

「……バレる？」

「バレる」練馬はストローを咥えた。

「日本の警察は基本優秀すよ。一部のバカが目立つだけ」

「そう……かな」

「ええ。お袋が保険金目当てで親父殺した時も、速攻でバレました」

マネージャーがぎょっと目を剝いた。僕もたじろいでしまう。世間話のような口調が余計に重々しく、腹にずしりと響いた。

「冗談すよ」と練馬が真顔で言った。

ぽかんとしている亜叉梨に顔を近付けると、

「とりあえずマネージャーさんに打ち明けた方がいいんじゃないすか。あと親御さんにも。まだ十七すよね？　普通に大人を頼っていい。ていうか頼らなきゃ駄目だ。信頼できる大人に縋《すが》って甘えて泣き付いて、ちゃんと助けてもらってください」

かつてないほど真剣な顔になっていた。酒臭いのは相変わらずだったが、表情と立ち姿から切実さと必死さが漂っている。

亜叉梨はしばらく黙っていたが、やがてゆっくりとビールケースから腰を浮かせた。マネージャーに囁きかける。彼は泣きそうな顔で何度かうなずき、手で奥を示す。覗いていたアイドルたちがさっと身を隠し、亜叉梨とマネージャーは奥へと歩いて、暗がりの中に消えた。

「……じゃ、おつかれっす」

ずるずると歩き出した練馬のどてらを摑むと、僕は訊いた。

「あの、何がどうなってるの？」

「今はどうもなってないすよ。こっから先の話がスムーズになるってだけ」

「ごめん、それもよく分からない」

「別にいいじゃないすか」

「よくないよ」

僕は練馬の酒臭い息を嗅ぎながら、

「気になって仕方ないんだ。何か知ってるなら教えてほしい」

と頼んだ。ことの次第によっては記事にするかもしれないと伝える。少額だが報酬も払う、と言った瞬間、練馬は「ほお」とわずかに目を丸くした。あと一押し、いや二押しくらいは要るだろうか。

練馬は考え込んでいたが、やがて、

「クラウドサーフィングしてステージに落ちてきたのは死体っす」

と、面倒くさそうに言った。すぐに、

「あのストーカー野郎は死んでからここに運び込まれて、亜叉梨さんのライブ中にクラウドサーフィングさせられた。わたしらが入り口で見たやつは別人すよ。亜叉梨さんファンの一人が成りすましたんです」

と、唐突に説明を始める。僕は「え、え」と戸惑いながら必死で耳を傾ける。

「きっと後ろの方にいた眼鏡の客じゃないすか。身長はあれくらいでしたよ。あと死体ですけど、壁際に連れていかれてたやつじゃないかなと。亜叉梨さんのファン二人が周りに気付かれないように運んでた。あれ、酔って潰れた仲間をケアしてたわけじゃないんすよ」

「ちょ、ちょっと待って」何とか遮ると、

「そもそも何でそんなことするの？　嫌がらせ？　ていうか誰仕切りなの？」

率直な疑問を投げかける。

練馬は声を潜めて、

「亞叉梨さんに安心してもらうためっす。ストーカー野郎はまだ生きてる、自分が殺したんじゃないって亞叉梨さんに思わせるために、おそらく島原さんがファンと計画したんす」

と言った。

五

「ステージで死体を見た時、おかしいって思いました」

ライブハウスの入り口。階段を見下ろしながら練馬はカップ酒をあおった。近くのコンビニで僕が買ってきたものだ。僕はビデオカメラを手に彼女の言葉を待った。

「血がちょっとしか出てない。あれだけ刺したら普通ステージは血みどろになる。そう気付いたらステージに落ちた時も変だったって分かった。ほんと、寝てるんじゃないかってくらい無抵抗で落ちてた」

「そう……だったかな」

僕は記憶を辿った。動転していたせいか明確には覚えていない。たしかに生きて動いていたような気がするけれど、先入観でそう思い込んでいるだけだろうか。

ただ、血の件に関しては全くもって練馬の言う通りだった。出血が少なすぎる。言われるまで気付かなかったことに呆れてしまうほどだ。

「亞叉梨さんはここに来た時からずっと怯えてました。てっきり緊張と、また襲われるんじゃないかって不安のせいだと思ってましたけど——」

「うん」

「それは思い込みっちゃ思い込みっす。本人に逐一確かめたわけじゃない。人を殺してその足でここに来て、バレないか不安がってたとしても、わたしらには区別がつかない」

「だね」と僕はうなずく。

急な階段の下からわずかにざわめきが漏れ聞こえていた。

「亞叉梨さんはここに来る途中、ストーカー野郎に襲われた。抵抗して勢い余って、野郎を殺してしまった。突き飛ばしたか何かしたんでしょう。野郎は頭を打ち付けて死んだ。後頭部の骨が粉砕されてました」

練馬は首を縮め、白い息を吐くと、

「それをファンの誰かが目撃したんです。さっきの森って人か、それとも……はっきりと分かりませんけど、今ここにいるファンの中にいるんでしょう。何でその場に居合わせたのかは謎ですけど、まあ偶然だと信じたいすね」

寂しげな表情を浮かべる。

「まさか……」

「亞叉梨さんはその場を逃げ出した」練馬が遮るように話し続けた。「目撃者は島原さんに相談し、島原さんはストーカー野郎の死体をとりあえず隠した。車で来てるドルオタ仲間の車にでも放り込んだんじゃないですかね。で、湾沢さんと合流して会場入りして、準備してると亞叉梨さんがやって来た。弾みとはいえ人を殺してんのに、自首とかする前にここに来たんすよ、二年ぶりのライブをするために。島原さんは相当グッと来たんじゃないすか。で――今回の偽装工作を思い付いた。仲間と示し合わせて実行に移した」

ライブが始まる前も始まってからも、せわしなくスマホを弄るか見るかしていた、島原さんのことが頭に浮かぶ。彼が亞叉梨のライブ中、手持ち撮影に切り替えてフロアの前方にいたことも思い出す。きっと仲間を仕切るためだったのだろう。

ここで煙草を吸う時に僕を連れ出したのも、ストーカーらしき人物を僕に見せるためだ。僕が選ばれたのはもちろん何も知らないからだが、本来なら今日ここに来る予定のない人間だったからかもしれない。第三者に近い立場である僕の方が、目撃証言の信憑《しんぴょう》性は上がる。

ストーカーが今まさに生きている風に見せかける。僕に、そして誰よりも亞叉梨にそう思わせる。そのために計画されたのが〝死体のクラウドサーフィング〟だったわけだ。

関わっている人間は相当数いるだろう。階段の下、フロアにいる亞叉梨ファンの多くが、真相を知っているに違いない。そして亞叉梨に呼びかけていたのだ。

大丈夫だよ亞叉梨。

負けんな亞叉梨。

「ということは」

僕は思い付いた仮説を言葉にしていた。

冴えているのは練馬と話して脳が刺激されたせいか。

「当初の予定では、例えばクラウドサーフィングの着地でミスって、頭を強く打ち付けてしまいました、みたいな……」

「じゃないすかね。他に落としどころないんで」

練馬が同意して、カップ酒を啜った。

死体をステージに落としたところで済ませていれば、完全に事故のように見えたかもしれない。だが森青年が余計なことをしてしまった。たった一人でストーカーを殺したように見せかけた。騎士道精神に酔ったから、と表現するのは妥当だろうか。いや――ひょっとすると練馬が仄めかしたとおり、森青年が目撃者その人ではないか。さっき彼の言っていた「やっぱり巻き込むわけにはいかない」という発言からもそう思える。あれは亜叉梨のストーカー殺しを目撃したのに通報せず、島原さんたちに偽装工作をさせてしまったことへの罪悪感から来る言葉ではないか。実は彼もまた密かに亜叉梨をストーキングしていたとしたら。だから彼女の自宅近辺にいて、ストーカー殺しを目撃することができた、としたら。

彼はその辺りを全部まとめて「自分がステージ上でストーカーを殺した」という大きな罪を被ることで清算しようと試みた、という推理はどうだろう。損得がまるで合っていないが、咄嗟にそうしたくなる気持ちは理解できた。

だがそのせいで練馬に偽装を気付かれてしまった。島原さんの壮大な計画が、目の前の酔っ払いアイドルに解き明かされてしまった。もちろん現時点ではただの推理にすぎないが、亞叉梨や島原さん、そして森青年の言動から考えて、彼女の推理は真相に近い気がした。

「オリエント急行みたいなもんすね」

練馬がよく分からないことを口にした。

「……すごいね」

僕は呆然《ぼうぜん》としながら、賞賛の言葉を口にしていた。亞叉梨、島原さん、森青年に大勢のファン。皆の心情に思いを馳せて複雑な気持ちになっていたが、それと同じくらい練馬の聡明さに驚き、尊敬の念を覚えていた。

「普通こんなの分からないよ。少なくとも僕は全然。通報するしかできなかったし、後はなんか、どうしたもんかって困るだけで……」

「アイドルだったらこんなの、誰でも分かりますって。みんな現場で鍛えられてますもん」

へっ、と練馬が笑った。冗談とも本気ともつかず、答えに窮してしまう。

彼女がカップを干すのを待って、階段を下りる。ざわめくラウンジを抜け、フロアの後方で立ち止まる。

背伸びをしてフロアを確認すると、死体には茶色い布が掛けられていた。島原さんが無言で森青年を見下ろしている。青年はどこか誇らしげに島原さんを見上げている。

地上からサイレンの音がかすかに聞こえた。徐々に近付いてくる。ここからでは見えるはずのないパトカーの赤いランプの光が、壁を照らした気がした。

フロアが突然静まり返った。

篠原亜叉梨がステージの下手から顔を出していた。悲しげな表情で歩き出し、中央で立ち止まる。こちらを見渡し、胸を張ると、彼女は一息に言った。

「今まで本当に、本っ当にありがとうございました」

深々とお辞儀をする。

誰も何も答えなかった。名前を呼ぶファンもいない。無言で彼女の姿を見つめている。

「また待ちますよ、亜叉梨先輩」

練馬が寂しそうに囁いた。

けたたましいサイレンの音がすぐ近くに迫り、止まった。

目覚める死者たち

一

「井出くんと湾沢くん、どうして仲がいいんですか？　高校の先輩後輩だそうですが……」

電話口で『アウターQ』のウズマキさんが訊ねた。つい十数分前に僕が送った記事の所感と改善点をテキパキ列挙し、雑談に移行した直後のことだった。

午後九時。自宅の隅、ノートパソコンの前で、僕は苦笑しながら訊き返した。

「それ、ヒエラルキーが違いすぎるから変だってことですよね？」

「はい。気に障ったならお詫びします」

「とんでもない。僕も普通に過ごしてたら接点なんてなかっただろうし、話もしなかったと思いますよ」

「では普通ではないことが起こった、と？」

「ええ」僕は少し迷ったが、思い切って言った。

「宇鯛《うだい》市の花火大会の事故、覚えてらっしゃいます？　僕も井出さんも、あれに巻き込まれたんですよ。サバイバーって言うと大袈裟ですけど」

ウズマキさんが驚いたのが、息遣いで分かった。今まで快適だった扇風機の風が、不意に寒く感じられた。


十四年前の七月二十二日。

当時住んでいた宇鯛市で、毎年恒例の花火大会が開催された。高校一年の僕は友達二人と会場に向かった。会場は多摩《たま》川の支流の一つ、冬《ふゆ》川の広大な河川敷だった。

花火が全て打ち上がって少し経った、午後八時過ぎのこと。

会場の最寄り駅、青江《あおえ》駅の南口へと至る唯一の経路「青江駅南口歩道橋」は、見たこともないほど混雑していた。歩道橋の幅は五メートル、長さは三十メートルくらいだったはずだが、その半ばあたりで僕たちは立ち往生していた。一時間近く一歩も進めなかったのを覚えている。

人々の熱気、ざわめき。ガラス張りの屋根はやけに低く、そのせいで余計に蒸し暑かった。

赤の他人の肌が密着する。時折わずかにだが橋が揺れる。

足の下でクラクションが何度も鳴る。

子供の泣き声があちこちから聞こえる。

いかにも不良じみた、巻き舌の怒鳴り声も。

足が棒のようになっていた。

こんなことなら帰りを遅らせればよかった、と友達と言い合っていたところで、後方から悲鳴が上がった。どんどん近付いてくる。大人まで叫んでいる、ただ事ではない、と思ったところで、大きな岩で殴られたような感触が、背中を襲った。

僕はあえなく倒れ、押し潰された。上からも下からも泣き叫ぶ声がする。将棋倒しだ。群衆事故だ。そう分かったところで何の助けにもならなかった。

息が苦しい。全身が痛い。動かそうにも動かせない。覆い被さった人々を押し退《の》け、必死で頭を持ち上げ、目を開く。そこで僕は――

気付いた時には病院のベッドの上だった。大きく息をした瞬間、爆発しそうなほどの激痛が全身を走り抜ける。思わず呻き声を漏らすと、

「あ、少年が起きた。看護師さーん」

声を上げた隣のベッドの患者こそ、誰あろう井出さんだった。彼は左足を骨折していたが、それ以外はかすり傷程度だった。一方、僕は全身打撲《だぼく》に加え肋骨《ろっこつ》七本と右腕と両足を骨折し、腎臓を片方損傷していた。小柄だったのが災いしたのだ。

「よかったなあ少年。お兄さんは嬉しいよ」

「少年、じゃ、ないです。同じ高校の、一年……」

えーっ、と井出さんは大袈裟に叫んだ。

入院期間は三ヶ月に及んだ。井出さんは十日で退院したけれど、それから少しして毎日のように見舞いに来てくれた。

長く辛い入院生活を耐えることができたのは、間違いなく彼との会話が楽しかったからだ。話題はとりとめのないものばかりで、具体的に何を話したのかは全く覚えていないけれど。

どうして見舞いに来てくれたのか、と訊いたのは退院当日だ。井出さんは少し考えて、

「まあ、これもアレでしょ」

と訳の分からないことを言った。

宇鯛市花火大会歩道橋事故。

あの大惨事にそんな名前が付いていると知ったのは、少し経ってからだ。大惨事。そう、事件は深刻で大規模なものだった。重軽傷者百七十二人。死者二十五人。僕も井出さんも、別の病院に搬送された友達二人も、幸運な方だったのだ。

歩道橋が混雑することは、何年も前から指摘されていたという。危険性に気付いていた人は少なからずいたのだ。だが市も実行委員会も、警備に当たった警察も警備会社も「今年は例年以上に注意を払う」と精神論で済ませ、具体的な対策を講じなかった。

遺族の会が訴訟を起こした。会の中心人物は奥さんと三歳の息子さんを亡くした男性だった。市は実行委員会に責任を転嫁し、実行委員会は警察のせいにし、警察は警備会社の職務怠慢だと強弁し、警備会社は被害者を含む客のマナーの問題にすり替えた。絵に描いたよう

な擦《なす》り合い、泥沼だった。

民事、刑事いずれも遺族が勝訴し、市と実行委員会と警察と警備会社が諸々の賠償金を支払ったのは、つい二年前のことだった。花火大会は事件翌年から中止となり、今も再開されていない。事実上の廃止だろう。

「まあ、マナーの悪さに関しては遠因の一つかも、とは思いますね」

「そうなんですか」とウズマキさん。

「ええ、群衆事故が起こった直後、暴れてる不良を見ましたから。騒ぎに乗じて暴れてたのか、それともそいつが暴れたから群衆事故になったのか……」

折り重なる人々の間から何とか顔を出した時、僕は見た。

ピアスだらけの赤い髪の青年が、大声を上げながら周りの人たちに暴力を振るっていた。倒れた人を踏ん付け、押さえ付け、ぐったりした子供を引きずり出す。仲間の不良たちもそれに倣うようにしている。

こんな状況で有り得ない。あいつらは鬼だ。悪魔だ――

青年が子供を投げ飛ばそうとした瞬間、僕は深い絶望とともに失神した。

不良たちのことは入院中、病院を訪れた記者や調査委員にも伝えた。僕以外からも証言が出たのだろう。一時期はテレビや新聞も、暴れる不良のことを取り上げていた。だが、警備会社の社長が事件発生の連絡を受けた直後、歓楽街に足を運んでいたことが発覚。マスコミはどこも彼を糾弾することに熱中し、不良のことは一切報道されなくなった。

「結局その辺は有耶無耶《うやむや》ですね。まあ、事件と直接関係ないから報道されてないだけで、とっくに逮捕されて裁かれてるのかも」

「かもしれませんね」ウズマキさんは一呼吸置いて、「お二人とも無事で何よりです」と言った。地獄のような光景と激痛を思い出しながら、僕は「ええ、本当に」と答えた。取り乱すことも、暗い気持ちになることもない。客観的に見ることができている。

僕は乗り越えることができたのだ。井出さんのおかげで。

翌週、午後三時。僕は冬川の河川敷にいた。

奇《く》しくもあの花火大会の、会場からそう遠くないところだった。距離にして二、三キロほど下流の草っ原。背の高い葦《あし》が壁のように生え、草っ原と川とを隔てている。

目当ての品は、その葦の茂みの中にあった。

「何なんだろうなあ」

僕は手袋をした手で「品」を持ち、ぼんやりと眺めていた。湿ったＡ４の紙束だ。手にしたものの何倍もの枚数の紙が、茂みのあちこちにねじ込むように捨てられている。その全てに同じことが書かれていた。

〈危険！　毒蛇が逃げました！

飼っているブラジルサンゴヘビが逃げました。強い神経毒を持っており、嚙まれると最悪死にます。見かけた際は決して捕まえないで、080××××××××マデ

ダメ　捕獲ゼッタイNO　猛毒☠〉

下手くそな手書きだった。紙の下半分は写真が大きくレイアウトされていた。赤、黄、黒の縞模様の蛇がとぐろを巻いている。

　ついさっき電話番号にかけてみたが、「おかけになった番号は、現在使われておりません」と、機械音声に告げられた。

　僕のSNSアカウントに「妙なチラシが大量に捨てられている」と、ファンを名乗るアカウントから投書が寄せられたのが五日前のこと。時間を捻出して現場に来てみたが、早くも調査は行き詰まっていた。

　通りかかった人たちに聞いても「そんなものがあったとは知らなかった」と、判で押したような答えが返ってきた。この辺りにゴミが捨てられるのは日常茶飯事だという。

　投書の送り主に問い合わせても、「近隣に住んでいないので事情は知らない」「友人宅を訪ねた帰りに見かけただけ」と返事が来た。

　市役所に電話してみたが、飼っていた毒蛇が逃げたという連絡は寄せられていないという。今現在はもちろん、過去十年の間に一度たりとも。

「どうしたものかな」

僕は再び独りごちた。

おそらく張り紙にするつもりだったのだろう。だがこんな推理だけで記事にはできない。推論を書くにしても情報が少なすぎて、妄想を羅列しただけの代物になってしまう。写真は撮れるだけ撮ったが、持ち帰ってもいいものだろうか。明らかに廃棄されているものだから、掃除する名目なら回収しても問題なさそうではある。

ひと束バッグに突っ込み、近くのベンチで思案しながら、僕はスマホで『アウターQ』のサイトにアクセスした。一休みしたら妙案が浮かぶかもしれない。

更新されたばかりの記事を開く。執筆は南田北斗《みなみだほくと》。知らない名前だ。軽い気持ちで読み始めて数秒後、僕は驚きのあまり息を呑んだ。次の瞬間にはベンチから立ち上がっていた。

二

【タイトル】
忌魔弩鬼《いまどき》の怪談　第一話　目覚める死者たち
【リード】
はじめまして、怪談王子こと南田北斗と申します。恐ろしくも悲しい死者たちの声を多くの人に伝えたく、活動をしております。

【本文】


Kさんは仕事を終え、職場を後にした。

深夜になっていた。

真っ暗な道を、足を引きずるようにして歩く。連日のハードワークで彼女は疲弊しきっていたが、どこか心地よくもあった。

「家に帰ったら何をするか、ぼんやり考えていました。お風呂に入って、録画してたドラマを見て……」

道路を挟んだ向かいに駅が見えた。

早く電車に乗りたい。座りたい。

少し早足になったその時。


どん、と大きな音がした。


空気を震わせ腹に響く、爆発のような音。

Kさんはびっくりして立ち止まった。辺りを見回したがおかしなものは見当たらない。

首を傾げていると、今度はいきなり足首を摑まれた。

弾みで転び、痛みに呻いていると、声がした。

イタイ
タスケテ
ママ　ママ
ダレカ
クルシイヨウ
クルシイヨウ

直《す》ぐ耳元で、遥《はる》か遠くで。老若男女の声が折り重なって響いていた。啜り泣きも悲鳴も怒声もした。

目の前のアスファルトに大きな影。

自分の影ではなかった。

いくつもいくつも重なるように、アスファルトに広がっている。

起き上がることも忘れ、まじまじとみつめていると、影たちが一斉《いっせい》に、ずるりと動いた。

Kさんは叫んだ。

影に見えたのは押し潰され、干物のようになった人間だった。

すぐ側の真っ平らな顔が、口から折れた歯をボロボロ零しながら笑っている。潰れた鼻から血を垂らし、目が片方飛び出している。男なのか、女なのか、それすらも分からない。

ふっ、と頭のてっぺんから、何かが抜けるような感覚がした。

気絶するのかな。死ぬのかな。

どこか遠くでそう思った直後。


Ｋさんは座り込んでいる自分に気付いた。

歩道橋だった。柵に寄りかかり、震えていた。

反対側の柵には花が供えられていた。

彼女はそこでようやく、ここが十数年前に起きた、大事故の現場だったことを思い出した。

「宇鯛市の花火大会で起こった、群衆事故って言ったら分かりますかね。何十人も人が死んで、百人以上怪我して……」

まだ、苦しんでいるのか。

まだ、痛みが消えないのか。

Ｋさんは泣きながら這うようにして花の前に行き、そっと手を合わせた。


（取材・文／南田北斗）

※　※

「もちろん、実際に聞いた話ですよ」

僕の質問に、南田北斗は簡潔に答えた。

「Kさんは実在します。内容も聞いた話そのままです。一言一句あの記事のとおりにお話しされたわけじゃありませんが、私のしたことは微調整、再構成の範疇ですね」

長身で華奢《きゃしゃ》な体軀《たいく》、卵形の顔に長い睫毛《まつげ》、憂いを帯びた表情に、気怠《けだる》げで儚《はかな》げな佇まい。南田は井出さんとは違うタイプの美男子だった。「怪談王子」という二つ名は決して洒落でも誇張でもない。そう本心から思った。自称するのはどうかと思うけれど。

怪談関連の本を十数冊出していて、うち二冊がベストセラー。僕が知らなかっただけで、その筋ではかなりの有名人らしい。

あの後すぐウズマキさん経由で、南田に会いたい旨を伝えた。メールで返信があったのはその日の夜だった。

〈『アウターQ』の看板ライターさんに興味を持ってもらえて光栄です〉

そんな言葉が添えられていた。普段なら照れ臭くも嬉しい気持ちになったかもしれないが、その時は複雑だった。

「あのう」

先方から指定された純喫茶の、窓際の二人席。僕は付け焼き刃の知識で更に質問する。

「ああいう怪談って、たしか固有名詞を伏せるのが定石ですよね？　地名とか人名とか」

「ええ、実話怪談、あるいは怪談実話の作法のひとつです。ですが言い換えれば単なる様式に過ぎません。実際に固有名詞を挙げる作家さんも、場所が特定できるように書く方もいらっしゃいます。それにこちらがいくら伏せたところで、ネットで調べればすぐに分かる」

「でも――」

「現代社会において死は徹底的に隠蔽《いんぺい》されている」

南田は静かに、同時にきっぱりと言った。

「肉も魚も規格品のようにパッケージングされたものがスーパーに並び、自分でシメたりツブしたりする機会は滅多にない。通夜も名ばかりで実際に夜通し遺体と過ごす人間は減っています。無駄を削《そ》ぎ落とした結果、我々の生活から死までもが省かれてしまった。本当は死ほど日常的で普遍的で絶対的なものはないのに。死こそが生そのものなのに」

大きな目を悲しげに伏せ、長い指を顔の前で組む。

「誰もが意識の片隅で、その矛盾と欠落に気付いている。気付いていないにしても怪談を聞くこと、読むことで認識する。そして死者を思い、偲《しの》び、恐れながら畏《おそ》れる。人々が怪談に魅力を感じるのは、そんな意義があるからです。少なくともこの二十一世紀の日本社会ではね。つまり――怪談の本質とは死へのイフなんですよ」

畏怖《いふ》のことか、と遅れて理解する。なるほど、確かに一理ある――

納得しそうになった僕は慌てて「いやいや」と返した。

「お説はごもっともですけど、あの記事はちょっと……正直、ビックリしてしまって」

「というと？」

「……なんというか、ただ単に信じたくないんですよ。未だに浮かばれない人がいる、みたいな話は。勝手な言い草ですけど、作り話だって聞いて安心したかったのかもしれません」

自分でも不思議だった。霊だの魂だの、普段はそんなに考えないのに、南田の怪談には揺さぶられた。気になっていた。

だが今は自分の言葉が腑に落ちていた。そうだ。僕は信じたくなかった。あの事故で亡くなった人が、今なお苦しんでいるとは考えたくなかったのだ。

南田は黙って僕を見つめていたが、やがて口を開いた。

「お気持ちは分かりますよ。ですが、Kさんはあの歩道橋で、事故を想起させる何かを見聞きした。少なくともご本人はそう認識している。これは動かせない事実です。彼女は嘘を吐いていない。長年聞き集めていればすぐ分かる。それに」

端整な顔を僕に近付ける。

「私の仕事は生者にとって都合のいい物語ばかりを集め、発表することではありません。それは死者に――死に対する冒瀆《ぼうとく》だ」

テーブルの上で握り締めた彼の拳が、小さく震えていた。本気なのだろう。怪談に情熱を注ぎ、信念を持って臨んでいる。

「お時間取らせてすみませんでした」

僕は心から詫びた。自分の感情を整理できて、胸のつかえがおりたような気持ちになっていた。そして。

「いい機会なんで、今から歩道橋に行ってみようと思います。あれ以来一度も行ってない」

「そうですか……そうだ」

南田は表情を弛めた。財布から小さな紙片を引っ張り出す。「大盛り無料券」と大きな文字が中央に印刷されていた。右下には「中華　熱血屋　10：00～14：00　17：00～25：00」。

「北口を出たところにある店です。取材の帰りに寄りましてね。あの辺りに行く予定は当分ないので、よろしければどうぞ。不要でしたら捨ててください」

彼は初めて笑みを見せた。


結論から言うと、「熱血屋」は大ハズレだった。

レトロを狙った、言わば町中華「風」の小さな店舗。夕食時だというのに空いていて、店員も暇そうにしていた。味は普通で、正直なところ大盛り無料券を使ったことを後悔した。

何より苦痛だったのは、厨房で店長らしき色黒の小男が、若いスタッフにネチネチと小言を繰り返していることだった。食べる環境としては最悪の部類だろう。

　最後の一掬いのチャーハンを口に放り込んだ瞬間に席を立ち、会計を済ませて店を出た。行儀が悪いとは思いつつ、咀嚼《そしゃく》しながら青江駅に向かう。怪談王子はどういうつもりで、僕にサービス券をくれたのだろう。悪意があったとは思えない。単に好みの問題だろうか。それとも僕のタイミングが悪かっただけだろうか。

　午後八時を回っていた。

　青江駅南口歩道橋を歩く人はまばらで、辺りは寂しい雰囲気に包まれていた。すぐ下の道路を猛スピードで走る車の音も、妙に心を掻き乱す。風がないせいで酷く蒸し暑い。外灯の光は霧がかかったように朧《おぼろ》に見えた。

　中程の右手、柵の下に花束が供えられていた。花も葉もまだ瑞々しく、供えられたばかりなのが遠目でも分かる。駅のアナウンスが微かに耳に届いた。

　何の変哲もない歩道橋だった。異質なのは供花くらいだが、それも怖がるようなことではない。今もなお犠牲者を悼み、手を合わせる人がいることの証明だ。法的な決着は付いたけれど、風化はしていない。妙な表現だが「怪談王子が見たら喜ぶだろう」と思った。

　供花の前まで徒歩二十秒足らず。僕は手を合わせ、目を閉じ、あの日のことを思った。不思議とすっきりした気持ちになっていた。

　謎の張り紙をどうしよう、と他のことを考える余裕も生まれていた。そういえば、全国の張り紙を撮影・蒐集《しゅうしゅう》しているライターがいる、と前に聞いたことがある。一度相談してみようか――

ずしり、と身体が重くなった。

思わず目を開いた瞬間、僕は声もなく驚いた。

花が完全に萎《しお》れていた。

真っ茶に変色した花弁がアスファルトに落ちている。生温《なまぬる》い風に吹かれ、カサカサ音を立てて飛んでいく。

どん、と遠くで音がした。パラパラ、と続く。背後、いや――頭上から聞こえている。

花火の音だ。

思い当たった途端、痺《しび》れるような悪寒《おかん》が身体を貫いた。

足が動かない。掴まれている。靴、足首、臑《すね》、太股《ふともも》、何本もの手があちこちを掴んでいる。

僕にしがみついている。何も見えないがはっきりと感じる。

花火の音が続いている。

男の低い呻き声がする。

子供の泣き声も交じる。

背後から聞こえる。次第に近付いてくる。

咄嗟に耳を塞《ふさ》ぎ、立ち去ろうとするがやはり動けない。

指の間から音が、声が耳に潜り込む。

目が潤んだ。呼吸が乱れている。

幽霊なんかいない。死者の魂などない。これは幻だ、気のせいだ。

そう頭の中で繰り返しても、暴れ出した感情は収まってくれない。

声が耳元に迫る。一際大きな花火が上がる。

恐怖と悲しみで全身が破裂しそうになったその時、

「何やってんすか、湾沢さん」

間延びした声がした。

無数の手が離れ、身体が一瞬で軽くなる。ふらりとバランスを崩し、その場で転びそうになった僕の腕を、誰かが摑んだ。細く、小さく、血の通った手の感触。

ぼさぼさ頭の女の子が、無表情で僕を覗き込んでいた。サンダル履きで花柄の甚兵衛を着ている。目の周りと頬が赤く染まっている。

酒臭い息が顔にかかり、去年の十一月の記憶が甦った。

「練馬ねり、さん」

「そう」練馬は口だけで笑うと、「で、大丈夫すか。なんかよくないもん食ったとか?」

「いや……」

答えようとしても言葉が出ない。周囲から聞こえるのはありふれた音ばかりで、呻き声や花火の音は全くしない。スーツ姿の通行人たちが不思議そうにこちらを見ている。

花は元に戻っていた。

「ちょっと、混乱しててね」

練馬は眉根を寄せ、僕の手を引いた。

「座れるとこ行きましょう。ちょうど親戚がやってる店に行くとこだったんで」

三

「親戚がやってる店」は居酒屋と食堂の中間のような、小さな店だった。歩道橋を渡り、川とは反対方向の階段を下りて、少し歩いた道路沿い。暖簾と看板には「たけだや」と書かれていた。

テーブル席で僕たちは向かい合って座っていた。練馬は早くも瓶ビール一本を空にし、すぐ側の業務用冷蔵庫から新たに一本引っ張り出す。

店は賑わっていた。カウンターもテーブルも満席で、学生もサラリーマンも、カップルも親子連れもいる。客足も全く途切れる様子がない。厨房では糸のように痩せた老夫婦が、並んで鍋を振っていた。練馬の祖父母だという。

練馬は大量の餃子と山盛りの唐揚げを摘まんでいた。僕はビールだけにした。熱血屋の大盛りですっかり胃がもたれていたせいだ。事情を説明すると、

「あそこ、一年持つかな」

練馬はそう言って、餃子を口に放り込んだ。

僕は歩道橋で体験したことを打ち明けた。流れで事故のこと、自分と井出さんが被害者の一人であることも話す。怪談王子の記事のことも。

練馬は黙って聞いていた。

話し終わった頃には、客はまばらになっていた。時計を見て一時間近くも話していたことに気付く。込み入った話でもないのに手間取ってしまった。グラスのビールはすっかり温《ぬる》くなっていた。

「無事でよかったすね。自分はニュースで見たくらいですけど」

練馬が言った。

「あんまり気にしない方がいいすよ。普通に真面目に生きるのが一番の供養ですって」

「でも、僕は実際に声を……」

「陸男兄さん」練馬は冗談めかして僕を呼んだ。「怪談読んだんすよね。しかも書いた本人に会って、いろいろ話も聞いたんすよね。で、そのあと現場で似たような体験をした」

「うん」

「それ、簡単に言うと暗示にかかってるんすよ。事故に遭って怪談でビビらされて、専門家に熱く語られたら、現場で何見てもおかしくないですって」

僕には下地ができていた、ということか。

「事故のことなんか全く知らない人が歩道橋渡って、事故由来っぽい何かを見たとか聞いたとかなら『いるかも』ってなりますよ。でも陸男兄さんの場合は何の根拠にもなりません。見て当然の人だから」

やれやれ、と言わんばかりの表情と仕草で、練馬はグラスのビールを飲み干した。励ましてくれている。完全に立ち直ったとは言い難いが、当初の混乱はすっかり収まっていた。

「ありがとう、助けてくれて」

「じゃあ今度ライブ来てください。都立家政《とりつかせい》でやるんで。西武新宿《せいぶしんじゅく》線の」

「え、都立家政にライブハウスなんてあるの？」

「酷いなあ、ありますよ。スーパーロフト２って老舗」

笑いながら練馬が返し、また新たにビール瓶を冷蔵庫から取り出した。皮肉を言えるくらいに僕は回復していた。

「盛り上がってるねえ」

カウンター越しに練馬の祖母が声をかけてきた。手が空いたらしく水を飲んでいる。

「彼氏さん？」

「仕事関係」

僕より先に練馬が答える。

「あら、そうですか。いつも孫がお世話になってます」

「とんでもない。僕の方が今まさに助けられたところです」

「へえ、そうなの？」

「祖母《ばあ》ちゃん、そこの歩道橋の事故知ってるっすよね？　このお兄さん、その時現場にいたらしいんすよ。群衆事故に巻き込まれて」

親族にも同じ調子で話すのか、と驚いていると、

「あらま」練馬祖母が細い目をわずかに見開いた。「大丈夫でした？　大変だったでしょう」

「ちょっと入院しただけです」

あらま、あらま、と彼女は繰り返した。その目にじわりと涙が浮かんだ。口を押さえる。後ろで鍋を振っていた練馬祖父が、無言でティッシュ箱を差し出した。

「涙もろいんすよ。年とともに酷くなってる」

練馬が冷ややかに言って、唐揚げを齧《かじ》った。どうしたものかと途方に暮れていると、練馬祖母が大きな音を立てて洟をかんだ。驚いた客たちに詫びてから、

「ごめんなさいねえ、あの日のこと思い出しちゃって。ここからも一一九番したの。下敷きになった子を連れて走ってきた人もいて、救急車が来るまでとりあえずここにゴザ敷いて寝かせて」

「そうなんですか」

「そうなの。その子はなんとか助かったって後で聞いて、まあよかったってなったんだけど」彼女は目尻を拭いながら、「去年だってね、あー疲れたって思いながら歩道橋を歩いてたら、どんって花火の音がしたの。仕込みに来る時よ。あれっ、変だなって思ってたら足を摑まれて、それで」

「え？」

「スッテンコロリンしたらね、あちこちから声が――」

「え？　え？　ちょっと待ってください」

僕は思わず立ち上がっていた。きょとんとする練馬祖母に問いかける。

「その話、怪談王子にしました？　ナヨッとした美男子で、怪談を集めてる人ですけど。南田北斗って名前です」

「ああ、あのイケメン」

彼女は涙ぐみながら笑った。

「したした。先月だったかな。ああいうのを聞き集めて発表してるんでしょ。確かネットに上げてどうこうって言ってたけど、わたしネット見ないから――」

「失礼ですけど、お名前は？」

「え？　武田佳代子《たけだかよこ》」

僕と彼女はそのまま見つめ合った。練馬が何か言っていたが、全く耳に入らなかった。

仕事の邪魔にならないように気を付けつつ、練馬祖母——佳代子さんから怪談の続きを聞いた。彼女が語ったのは怪談王子の記事と基本的に同じだった。記事は細部がかなり割愛されていたが、「贅肉《ぜいにく》を落とした」と表現するのが妥当だろう。怪談の作法には不案内だが、王子の仕事は的確だと素人《しろうと》でも分かった。

いずれにしろ、全くの偶然から怪談の出所に行き着き、僕は妙な高揚感を覚えていた。同時に悲しい気持ちにもなっていた。

Kさんが見つかってしまった。あの記事はやはり、怪談王子がでっち上げた作り話ではなかったのだ。

僕の表情で察したのだろう。佳代子さんは不意に明るい声で言った。

「疲れてたからかもねえ。うん、絶対そう。今思うと、だけどね」

視線で練馬祖父を示すと、

「あの頃、この人がちょっと体調悪くて、一人でやってたの。夜七時から深夜二時までだけの営業だけど、うちは鶏《とり》のスープとかちゃんと取ってるから全然楽じゃないわけ。定休日もないし。だからもう本っ当に大変で」

厨房の隅で煙草を吹かしていた練馬祖父が、申し訳なさそうに頭を掻いた。

初対面の人に妙な弁解をさせている。練馬だけでなく、その祖母にまで気を遣わせている。

「すみません、ご馳走様《ちそうさま》でした」

僕は手を合わせた。

頑《かたく》なに自分で払うと言う練馬を押し切って、僕は二人分支払って店を出た。「ファンに奢らせるのはルール違反なんすよ」と外まで追いかけてくる練馬に「助けてくれたお礼だよ」と答える。素直な気持ちだった。

「それはそれとしてライブには行くから。野方《のがた》だっけ」

「都立家政すよ。まあ野方にも小っちゃいハコありますけど」

歩道橋の階段には通行禁止の立て看板と、赤い三角コーンが置かれていた。雨で段と手すりが腐食しているらしい。上から「またかよ」とぼやき声が聞こえた。駅まで送ってくれるという練馬と、反対側の階段から登り、歩道橋を渡った。

今度は何も聞こえず、妙な感覚もしなかった。当たり前だが少しだけホッとした。隣を歩く練馬が「よかったすね」と笑った。

四

怪談王子の記事はその後もコンスタントに回を重ねた。評判も上々らしい。オファーしたのは八坂編集長だという。

「怪談には全然興味ないって昔言ってたのに」

電話口でウズマキさんは言った。奇妙ではあったが、同時に納得もできた。あの人のことはよく分からないが、分からないことにはもう慣れっこになっていた。

記事が評判になった結果、歩道橋はちょっとした心霊スポットとして注目されるようになった。お騒がせ系、迷惑系と称されるタイプのユーチューバーの一人が、徹夜で張り込みを敢行して警察とトラブルを起こした頃から、目撃証言、体験談がネットで報告されるようになった。

王子の記事と同じものを現地で見た、聞いた。

自分だけではなく友達も、友達の兄弟も体験した。

例のユーチューバーの動画の、何分何秒のところで呻き声がする。別のところでは白い影のようなものも映っている――

動画投稿サイトでは好事家《こうずか》による検証動画が相次いでアップされた。「検証」と謳いながら唐突な爆音とグロテスクな画像で視聴者を驚かせる、ドッキリ映像も数多く作られた。

流行っている。そう言っていい状況を、僕は複雑な気持ちで傍観していた。

いくら怖がられ恐れられても、結局のところはネタとして消費されているだけにしか思えなかった。治ったはずの傷が再び開いたような、今頃になって後遺症が現れたような、そんな気持ちにもなっていた。王子の言う畏怖を感じる人、死者を思う人は、果たしてどれくらい存在するだろう。

「もちろん、基本的には娯楽ですよ」

ネットの配信番組にゲストで登場した怪談王子が、そんなことを言っていた。

「それでも、怪談を媒介にして見ず知らずの人の死を悲しみ、悼む人はゼロではない。ゼロでない以上、語れば語るほどその数は増える。僕はそれを前向きに捉えています。これからも怪談を発信し、少しずつ世の中を変えていきたいですね」

「お話を聞いていると、なんだかインフルエンサーみたいですね」と司会者。

「そっちの方が仕事が増えるなら、今日から怪談インフルエンサーを名乗りますよ」

王子が微笑を浮かべながら言い、司会者たちが笑った。

そんなものかもしれない、と僕は自分を納得させた。


歩道橋に行ってから一月半ほど経った、土曜の昼。僕は冬川の川べりを歩いていた。

川面《かわも》が午後の日差しを受けて輝いていた。緩やかな傾斜の付いたコンクリートの護岸、そのあちこちから草が生えている。

予定していた取材が先方の急病でキャンセルになり、僕は空いた時間を謎の張り紙の調査に当てることにしたのだった。全国の張り紙を撮影・蒐集している「張り紙ライター」なる肩書きの同業者にメールでコンタクトを取ったところ、回答を拒否されたせいもある。

〈申し訳ありません、張られていない張り紙はただの紙です〉

言葉遊びのようにも読めるが不思議と説得力のある、本物の愛好家らしい文面だと思った。

何か手がかりの一つや二つあるのでは、と、張り紙の発見現場から上流に向かって歩いてみたが、全く進展はなかった。見つかったのは色あせボロボロになった『漫画ゴラク』が数冊と、原付自転車の残骸《ざんがい》、釣り竿《ざお》と釣り糸とポリバケツ、虫取り網、手持ち花火の燃え滓《かす》、要するにゴミばかりだった。

花火大会会場に近づいていた。距離にして数百メートルくらいだろうか。河川敷の運動場では、おじさん達が和気藹々《わきあいあい》と草野球をしていた。

いつしか僕は歩きながら自問自答していた。

どうして僕はここにいるのか。調査のためだ。

ネタになるかならないか確証の持てないことに、なぜ時間をかけているのか。〆切の迫った原稿はいくつもあるのに。

それは承知している。でもどういうわけか、あの張り紙には引っかかりを覚える。

どういうわけとは何だ。

それが分かれば苦労はしない。ひょっとするとただ花火大会会場や、歩道橋に近いから気になっているだけかもしれない。冷静に考えれば「張り紙を張る直前にヘビが見つかり、後始末に困って捨てた」が最も有り得る真相だ。飼い主のモラルには問題があるが、人間心理として突飛なものでは決してない。

だったらもう手を引け。家に帰って原稿に取りかかれ。

しかし——

不意に足が滑った。声を出す間もなく仰向けに転んでしまい、激しく背中を打ち付けてしまう。リュックがクッションになって惨事は避けられたが、それでもしばらくは息が詰まり、無言で悶える羽目になった。

いててて、と漫画のような声をあげて上体を起こすと、足元に何やら転がっていた。壊され、まとめて捨てられたのだろう。あちこちがひび割れ、折れ曲がっている。

「え……」

それらが何であるか分かった途端、僕はそんな声を漏らしていた。

色あせた赤い三角コーンが四つ。足の折れた立て看板が二枚。

看板には大きな文字で「通行止め　雨で段と手すりが腐食しています」と書かれている。歩道橋の階段に置かれていたものに間違いなかった。「たけだや」に行った帰りに見たものだ。

たけだや。

頭に一筋の光明が差した気がした。記憶が頭の中で再生される。今まで気付かなかった奇妙な点が、今ははっきりと見える。僕は座ったままスマホを手にした。

「はい」

二十コール鳴ったところで練馬が出た。電話越しに酒臭さが漂ってくるような、苦しげで不機嫌そうな声だった。僕は少し躊躇ったが、思い切って訊ねた。

「たけだやの最近の売り上げはどう？」

案の定、練馬は質問で返してきた。

「そんなこと訊いてどうするんすか？」

「正確な数字を知りたいわけじゃないんだ。ここ一年くらいの増減を、ざっくりでいいから」

「はあ」

少しの間があって、

「一昨日行った時に聞いたんすけど、落ちてるらしいっす。半年くらい前からちょっとずつ。で、ここ一ヶ月半くらいはがたんと」

「店の経営に変わったことは？」

「ない、と思いますよ。原因不明だって二人ともボヤいてました。去年からネットの『めしログ』とかでボロクソ書かれてるけど、全然大丈夫だったんすよ。なのに」

「原因が分かったかもしれないんだ」

「すいません、どういうことすか？」

僕は推理を語って聞かせた。練馬の声が次第に明瞭で冷静なものに変わっていった。

※　※

【タイトル】
参加者募集
夏休み・小学生救済企画　川の漂着物で工作してみよう
【リード】
自由研究や工作の宿題に全く手を付けていない、よい子の皆さん！　お子さんをレジャーに連れて行き忘れた親の皆さん！　あと暇な人！　みんなで工作してみませんか？
【本文】
シーボーンアートをご存じですか？　浜辺に流れ着いた漂着物、石とかサンゴとか流木、あとゴミをあれこれして作った芸術のことです。それの川バージョンをやってみよう！　というのが当企画のコンセプト。池の水を全部抜かなくても楽しいし、環境について考えることもできる！　今回使う漂着物は以下の画像からチェック！
※漂着物は全て専門家監修のもと、消毒を済ませています
※漂着物は開催当日まで会場にて保管しています

【日程・場所】
○月×日　AM10：00〜
東京都宇鯛市○○町　冬川河川敷（地図参照）
…………

※　※

深夜三時を回っていた。

町のざわめきや車の音も、この時間は聞こえない。辺りに響くのは川の流れる音ばかり。ちゃぷん、としばしば聞こえるのは、魚が虫を食べようと水面から飛び上がる時の音だろう。

朧月夜だった。誰もいない河川敷に、時折温い風が吹いていた。

耳元を掠《かす》める蚊に顔をしかめた直後。

人影が見えた。土手を歩いている。二人組だった。片方は小柄で手ぶら。もう片方は長身で、リヤカーを引いている。

二人は土手を下りると、こちらに向かって小走りでやって来た。花火大会の会場だった運動場。その端にある、こんもり盛り上がったビニールシートまで。

手ぶらの方がビニールシートを捲《めく》り「これだ」と囁き声で言った。もう片方がリヤカーをそっと脇に置く。

二人がシートの中身に手をかけた時、僕は懐中電灯を二人に向け、スイッチを入れた。

「うっ」「ぎえっ」

白い光の中に浮かび上がったのは、怪談王子と、熱血屋の店主だった。

僕は葦の茂みから這い出て立ち上がる。ひるむ二人の足元に懐中電灯の光を向け、彼らに声をかける。

「やっぱり、全部繋がってたんですね」

険しい顔で僕を睨み付ける店主。一方で怪談王子は冷静さを取り戻していた。髪を掻き上げながら、僕に物憂げな視線を投げかける。

「何の話でしょう。僕たちはたまたま通りかかって、気になって下りてきただけです。工作イベントは明日、いや――もう今日だったね、それを思い出したものですから」

「そちらの、店主さんも?」

「もちろん。以前から顔見知りでしてね」

「ああ、そうだ。飲み友ってやつ」

店主は歯を剝き出して笑う。

「ということは」僕は大きく息を吸って、「『アウターQ』の告知をご覧になったんですね」

「当然です。掲載媒体を読むのも仕事のうちですから」

「そのリヤカーは何ですか」

二人は黙った。

「こんな夜中に、ここをたまたま通りかかる用事って何ですか。熱血屋さんは一息吐きたい時間帯だと思いますが」

怪談王子も、熱血屋も答えない。

今更のように膝が笑い始めた。迷いと後悔が膨らみ、鼓動が耳元で鳴り響く。どうしてこんな馬鹿げた真似をしているのだろう。どうして犯人の尻尾《しっぽ》を摑もうなどと、柄にもないことをやろうとしたのだろう。

本格的に怖くなる前に、僕は口を開いた。

「お二人がここに現れたことで、確信しました——熱血屋さんは、たけだやさんに営業妨害を仕掛けていた。そして怪談王子さんもその片棒を担いでいた。違いますか？」

五

「熱血屋さんの経営が厳しいのは、少し調べて分かりました」

僕は続ける。実際、周囲に聞き込みをしてみたが、評判はかなり悪かった。時系列を整理すると、オープン当初から変わらずだったようだ。何より多かったのが店の雰囲気の悪さを指摘する声だ。「店主が店員にパワハラをしている」という話を多くの人から聞いた。僕が訪問した時の有様は、不幸な偶然ではなかったのだ。

改善すれば何とかなったかもしれない。真面目に店を良くすれば、別の未来があったかもしれない。だが途方に暮れた店主は、ここで道を間違える。

「そこで取った対策が、ライバル店であるたけだやの評判を落とすことでした。手始めに『めしログ』で酷評してみましたが、効果はありませんでした。そこで熱血屋さんは作戦を変えます」

僕はビニールシートを剝がした。積み重ねられた廃材の一角に、張り紙の束とコーンと立て看板がある。

「新しい作戦は『たけだやにアクセスしにくくする』でした。三角コーンと立て看板は駅から店舗への最短コースを塞ぐためです。営業時間の夜だけなら、そこまで怪しまれることはない」

店主の凶暴な顔を見つめながら、

「毒へビの張り紙は辺りに張りまくることで、たけだや周辺から人を遠ざけようとした。張ることなく川に棄《す》てた——未遂に終わったのは、効果が薄いと判断したからですね？ 毒へビを飼うには都知事の許可がいる。つまり調べれば一瞬でデマだとバレ、撤去されてしまう。そして」

僕は懐中電灯を怪談王子の足元に向け、

「怪談王子が歩道橋の怪談を聴き集めたのを利用した。たけだやが営業している夜間、あの辺りを歩かせなくするためです。実際は日のある時間の体験だったのを、夜の話に変えて『アウターQ』に発表した」

佳代子さんの話を思い返していた。仕込みに来る途中なら昼か、遅くとも夕方だろう。どちらにしろ夜では有り得ない。ちゃんとスープを取るなら尚更だ。

「怪談は効果がありました。今あの歩道橋は結構な心霊スポットです。暗くなれば誰も歩きたがらない」

二人は平然と聞いている。僕の登場に当初は驚いていたが、狼狽《うろた》えることも怒ることもない。動揺すらしている素振りは無い。当然だ。何故なら二人は——

「この作戦のメリットは、成功率が低いからこそ、バレてもシラを切れるところです。害意を立証できない、と言うんでしたっけね」

練馬ねりの受け売りだった。僕が電話で推理を披露し終わると、彼女は真っ先にこう言った。

「ははあ。プロバビリティの犯罪すね」

何かの用語のようだが意味は分からなかった。続けて説明してくれたのが先のメリットだの害意だのの話だ。本気で客を減らしたいなら、回りくどいうえに失敗しそうなことをわざわざするわけがない、だからそんな作戦は初めから立てていないだろうし、たけだやを攻撃するつもりもないに決まっている——という理屈だ。

だが、人は往々にして、全く理屈に合わない罪を犯すものだ。あの日の事故の直後、倒れる人々を踏み付け暴れていた不良たちのように。

目の前の二人もそうだ。バレやしないと高を括《くく》って証拠を冬川に捨てたくせに、告知記事で僕に証拠を拾われていると知ったくらいで心配になって、わざわざこんな時間に回収に来たのだ。周到なくせに場当たり的で、理屈で考えているように見えて感情的だ。

それは僕にも言える。

こんな時間にこんなところで待ち伏せるなんて、自分でも意味が分からない。

僕は——

「記事を取り下げてください。お願いします」

「お断りします」怪談王子はきっぱりと答えた。「あそこで事故があったのは事実だ。怪異に遭遇した時間帯を変えたのは単なる微調整で、その……たけだやさん？　とは何の関係もありませんよ」

想像した通りの言葉で突っぱねられる。

「ふ、二人でたけだやさんに謝ってください」

「それもお断りします」

「勘弁してくださいよ」

熱血屋がニヤニヤしながら言った。

「たけだやさんはライバルなんかじゃない、飲食店の大先輩ですよ。この地域を一緒に盛り上げていく仲間でもある」

白々しい言い草だが、これも想定内だった。

そうだ。彼らを止めたいわけではない。謝らせたいわけでもない。もちろんその気持ちが全くないわけではないけれど、相手が折れてくれるわけがないのだ。僕がここに来た理由は違う。僕は、僕は――

「怪談王子さん」

懐中電灯を握り締めた。

「今回のこれ、生者に都合のいい物語そのものじゃないですか。死者を冒瀆してませんか？」

彼の微笑が固まった。

「畏怖なんて全然してませんよね？」

熱血屋はきょとんとしている。

「僕は怒ってます」

怪談王子にそう言い捨てると、僕は土手に向かって歩き出した。少しもスッキリはしなかったが、ようやく理解していた。

僕は単純に腹を立てていたのだ。

あの事故を、あの事故で死んだ人を、こんな馬鹿げたことに利用されて。

六

駅前の漫画喫茶でほんの少し仮眠した。開催一時間前の午前九時に会場に戻ると、張り紙と三角コーンと立て看板は無くなっていた。

小学生救済企画は何の問題もなく進行し、終わった。参加者も老若男女が綺麗に揃い、しかもみんな協力的だった。ありがたかった。そして申し訳ない気持ちになった。熱血屋と怪談王子をおびき寄せるために、急遽《きゅうきょ》でっち上げた企画なのに、と。

「はい、アレするんでみんなアレしてください」

カメラを構えた井出さんの号令で、参加者の皆さんと僕はシーボーンアートならぬリバーボーンアートを手に記念撮影をした。後で写真を確認させてもらったら、僕の目は真っ赤に充血していた。

立て続けに〆切と戦い、取材を終わらせて、たけだやに足を運んだのはそれから半月後の平日、夜十時のことだった。歩道橋をすんなりと渡り切り、階段を下りてしばらく歩き、小さな店舗の引き戸に手をかける。

「あらいらっしゃい」

佳代子さんはにこやかに僕をカウンターに案内した。

店は満席だった。新メニューであるオムライスのハンバーグのせ、味噌汁とサラダ付きが評判になっているらしい。考案したのは練馬で、彼女に「食べに来い」と勧められたのだった。

オムライスは絶品だった。ハンバーグも美味だった。外で並んでいるお客が何人かいたので、僕は皿を空にするとすぐ会計を済ませ、佳代子さんに最小限の挨拶をして店を出た。慌ただしかったがむしろ嬉しかった。安堵していた。

たけだやは大丈夫だろう。

歩道橋に差し掛かった。パラパラと雨が降ってきたので大急ぎで階段を上りきり、ガラス屋根の下へと避難する。

人はまばらだった。十四年前のあの日とは打って変わって、静かで寂しかった。

怪談王子の記事は今も公開されているが、歩道橋の怪談はかつてほど盛り上がってはいなかった。むしろ愛好家の間では飽きられていて、今は千葉の山奥にあるトンネルが話題になっている。流行り廃《すた》りのスパンが短くなっていることが、今回は幸いしたらしい。

歩きながら考えていた。どこにも花は供えられていない。次回たけだやに行く時は必ず持って来よう。今まで思い付きもしなかったことが恥ずかしい――

べたり、と身体に熱気と湿気がまとわり付いた。

ざわめきがあちこちから聞こえてくる。

蒸し暑い。時折わずかにだが橋が揺れる。

足の下でクラクションが何度も鳴る。子供の泣き声があちこちから聞こえる。

いかにも不良じみた、巻き舌の怒鳴り声も。

足が棒のようになっていた。

と、思った時には、歩道橋を渡り切っていた。慌てて振り返ったが誰もいなかった。渡り始めた時と同じ静寂が、無人の細長い空間に漂っている。

僕はしばらくの間、その場に立ち尽くしていた。


熱血屋が閉店したのはその直後のことだった。練馬とともに確かめに行ったが、ガラス越しに見える店内は荒れ放題で、夜逃げかそれに近い形だったことは見て取れた。

そして翌週。

怪談王子の行方が分からなくなった。ウズマキさんから連絡があり、電話しても繋がらないこと、住所を訪ねても不在だったことを知らされた。

「失踪、ですかね」

「かもしれません、が……」

「どうかしましたか」

「三度目に電話した時、呼び出し音が止まったんです。その後サラサラ雑音がして、そこで」

ウズマキさんは少しの間を空けて、心配そうに言った。

「花火みたいな音が聞こえました。ドン、パラパラ、みたいな……何なんでしょうね」

背中に冷や汗が伝うのを感じながら、僕は「分かりません」と答えた。

見つめるユリエさん

一

【タイトル】

絵の中の女性・ユリエさんを探せ
【リード】

決して奥手でもなく、二次元愛好家でもない。

そんな友人から、「絵の中の女性に会いたい」と奇妙な相談をされました。

【本文】

井出と申します。

大学時代の友人から「絵の中の女性が好きになったんだ」「いや、ずっと好きだったみたいなんだ」「会えるものなら会いたいよ」と打ち明けられた時、私はとても心配になりました。仕事で疲れているのか。ブラック企業の犠牲者がここにも一人いたのか。ですが話を聞くうちに、私は彼の望みを叶えたいと思うようになったのです。

まずはその友人を紹介させてください。

Aくんです。こんにちは。

「どうも、Aです。東京の小さな出版社の、制作課に勤めています」

……………

※　※

ありがとう、井出。

そして申し訳ない。

あの絵のことをお前に打ち明けてから、この気持ちはずっと変わらない。いや、むしろ日に日に大きく強くなっている。お前の記事を読んでいる今この瞬間もだ。

理由を説明することはないだろう。面と向かって言えるはずもないし、電話やメールやそれ以外の間接的な方法で伝えることも決してない。

ありがとう、申し訳ない。そう思い続けるだけだ。

そして思い出すだけだ。

お前がぼくの話に興味を持って「ぜひ協力させてくれ」と言い出した、去年の冬のことを。

「改めて説明するとなると、緊張するな」

ぼく――浅野将太《あさのしようた》は正直に言った。

「ごめんごめん。俺こないだ酔っ払って、ちゃんと覚えてなくてさ」

お前――井出和真は、端整な顔に爽やかな笑みを浮かべ、ICレコーダーをテーブルに置く。

去年の二月、日曜午後三時。都心のマンションの一室、ウェブマガジン『アウターQ』編集部の事務所で、ぼくは井出の取材を受けていた。

打ち合わせ室という名の、長机とパイプ椅子があるだけの狭い洋室。窓にはブラインドが掛かっていた。

「じゃあ、そもそものきっかけから話してもらおうかな」

井出はノートを開いた。逞しい上半身はこの季節だというのに黒いタンクトップ一枚で、見ているだけでこちらまで寒くなる。相変わらずおかしな奴だ。

ぼくはぶるりと身震いすると、

「ええと……きっかけは去年くらいからだな。三日にいっぺんくらいのペースで、同じ夢を見るようになって」

「うんうん」

「そこで女の人に会って、それで」

「あ、そのくだり詳しくお願い」

井出が口を挟む。

「すまん。ええと……最初は暗闇に立ってるんだ、ぼくが」

「うん」

「それで……」

先月、酒席で酔った勢いで打ち明けたことを、ぼくは素面《しらふ》の頭で改めて繰り返した。

夢の始まりはいつも暗闇だ。

空気の流れや雰囲気から、ぼくは「室内だろう」と考える。

手を伸ばすと平たい台のようなものに触れる。

台の上を手探りすると様々なものに触れる。俎板らしきすべすべした四角い板状のもの。

泡立て器らしき針金を曲げて繋げたもの。薄い金属の板は包丁だ。

丸いもの、葉のようなもの、楕円《だえん》形のもの。どうやら野菜らしい。

これは台所か厨房のカウンターに違いない。夢の中のぼくはそう判断する。

すると、カウンターの向こうから一人の女性が現れる。彼女にだけ弱い光が当たっている。

灰色の長いワンピース。すらりとした手。

やや茶色い髪を後ろで束ねている。

卵形の白い顔は目鼻立ちがくっきりしていて、欧米人に見えなくもない。

薄桃色の唇には微笑が浮かんでいる。

優しさを湛《たた》えた大きな目が、ぼくをじっと見つめている。ぼくは彼女を見つめ返す。胸の中で感情が高まる。これは幸福感だ。充実感だ。そう気付く。

ぼくは意を決してカウンターに飛び乗り——

「そこで毎回、目を覚ますんだっけ？」

井出が口を挟んだ。

ぼくはまさに夢から覚めたような気分で、

「……ああ、そう。それで布団の上で哀しい気持ちになるんだ。いや、何ていうかな……胸に穴が開いたみたいな、って表現が一番しっくり来る」

と言った。

「で、何回か繰り返し見てるうちに気付いたのが、ぼくはその女性を見上げてたってこと。角度的にな」

「おっ、これは伏線だね」

嬉しそうにメモを取る井出を見ながら、ぼくは説明を再開した。

自分は変になっているのではないか。そう思ったぼくは会社の同僚に相談した。返って来たアドバイスは「現実の女と付き合ってみたら」だった。ありふれてはいるが妥当かもしれない。実際のところ、ぼくは十年近く女性と交際していなかった。

コンパに参加した。安全そうな出会い系サイトにも登録してみた。気の合いそうな女性と知り合い、デートらしきことをしたり、先方の家に泊まったり、自分の家に泊めたりもした。

それで終《しま》いだった。

都合三人の女性いずれとも、一ヶ月も続かなかった。

頭の中には常に、夢の中の女性がいたからだ。

「さすがにヤバいと思ったね。カウンセリングを受けた方がいいかもって」

「ほうほう」

鬱々とした気分で、二年ぶりに都内の実家に帰った前年末のある日。

和室の仏壇に手を合わせ、居間で両親ととりとめのない雑談をする。バラエティ番組に茶々を入れ、何の気なしに部屋を見回すと、視線が壁の一点で静止した。

プリンターの上に、一枚の絵が掛かっていた。A４ほどの縦長の油絵。茶色い額に収められている。

薄暗い厨房らしき空間に、灰色の服を着た女性が立っていた。

手前のカウンターには調理器具と野菜が、乱雑に置かれている。女性はカウンターに手を置いてこちらを見つめている。欧米人に見えなくもない顔。薄桃色の唇。微笑。

夢の中の女性、その人だった。

「……その絵、前からあった？」

痛みを伴った幸福感をどうにか押さえつけ、平静を装ってぼくは訊ねた。最初に答えたのは父親だった。コーヒーを啜りながら、

「ああ。二十年くらい前かな」

「そうそう」

台所で母親が声を張る。

「だから寿町《ことぶきちょう》に住んでた時ね」

「そんなに前から？　覚えてないけど」

ぼくが十歳の頃だ。

「ああ、それはね」母親は切り分けたバウムクーヘンを持って居間にやってくると、「買ってちょっとして引っ越したでしょ、あんたが小五になる時こっちに。その時に物置にしまって、ずっとそのままだったの」

「去年だったな。物置でたまたま見つけて、ここに飾るようになったのは」

両親は何か言っていたが、ぼくはもう聞いていなかった。勢いよく湧き上がる記憶に飲み込まれていた。

自分は寿町に住んでいた頃、確かにこの絵をよく眺めていた。親のいない時間を狙って見つめていた。いや——見上げていた。

そして心の中で密かに、彼女を「ユリエさん」と呼んでいた。

理由は何度頭を捻っても思い出せなかった。

「で、その絵がこちらになります、と」

ぼくはトートバッグから件の絵を引っ張り出した。井出がＩＣレコーダーを脇に避け、一眼レフを構える。

「へえ、思ったよりワイルドだねえ」

意外そうに井出は言った。少し考えて、「机に置いてくれ。真上から撮るわ」と靴を脱ぎ、パイプ椅子に乗る。ぼくは言われたとおり、絵を机に置いた。

彼の言うとおりだ。筆遣いは荒く、女性の顔もそこまで詳細には描かれていない。遠近法もどこか狂っているし、首も手も長すぎる。

「大昔の絵ってわけじゃなさそうだね」

今度は机に乗った井出がパシャパシャと、絵の真上からシャッターを切っている。一九〇近い長身のせいで、頭が天井に着きそうだ。

「調理器具が今風だ」

「うん。それはぼくも思った」

カウンターの泡立て器も包丁も、どこにでもあるような形をしている。薄茶色の俎板には木目が描かれていたが、どこか規格品のように無機質で薄っぺらい。

右下には丸いものが二つ描かれていた。手前のものは紫色で、端がそれよりも濃い紫色をしている。米茄子《べいなす》だな、とぼくは思った。となると奥にある白と緑のものは白茄子だろう。その隣には菜っ葉の束があった。

左側には葉の茂った蕪《かぶ》と、瓜《うり》らしき緑色の長い野菜がいくつか並んでいた。

女性は――ユリエさんはどんな料理を作るのだろう。これらの素材をどう調理するのだろう。見ているうちにぼくの心は再び掻き乱されていた。吸い込まれそうな気持ちになっている。意識的に絵から目を背けて後ずさる。

「で、親御さんは何て言ってたんだっけ？」

写真を撮り終えた井出が、机から軽やかに飛び降りた。ぼくは年末の記憶を辿りながら、

「約二十年前に、寿町の蚤の市で買ったらしい。土瓶とかと一緒に」

「なるほどね」

井出は顎を擦る。「フリマ事務局に連絡するだけしてみるか……いや、さすがにこんな昔だと……」などとつぶやきながら、まじまじと絵を覗き込む。

「これ、本当に記事にするのか？」

ぼくは思い切って訊いた。

「気持ちは嬉しいよ。ぼくの無茶な相談っていうか、妄想を聞いてくれたのもありがたい。でも、具体的にどういう風にするのか、全然……」

「ああ、それは大丈夫」

井出はニッと白い歯を光らせた。

「いろいろ作戦は立ててある。ヘルプも頼んである」

そう言うなり指笛を吹いた。ピイ、と甲高い音が響き渡る。

ドアが静かに開き、小柄で童顔の青年が入ってきた。その後からこけしのような顔をした、ショートカットで背の高い、無表情の女性が続く。

青年には見覚えがあった。ネットでよく見かける、いま人気のライターだ。確か――

「はじめまして。ライターの湾沢陸男と申します。井出さんの高校の後輩です」

青年はそう言うと名刺を差し出す。そうだった、湾沢だ。

「編集部の渦牧真希《うずまきまき》です」

女性も名刺を差し出す。受け取りながら「変わった名前だな」と思っていると、

「ペンネームです」

見透かしたように彼女は言った。挨拶するたびに頻繁に指摘されるのだろう、言い慣れたような、同時にうんざりしたような口調だった。

「隣で聞いてました。不思議なイイ話で、なんかジーンと来ました」

湾沢青年がうっとりした表情で言う。

「浅野さんのお力になれるよう頑張ります」

「いや、ありがたいですけど申し訳ないな。こんなに人を巻き込んで」

恐縮しながら頭を上下させていると、渦牧が「いえ」と口を開いた。

「実はライターが一人トンズラこきまして、来月の記事が五本ほど足りなくなったのです。他の執筆陣に振り分けて対処しているところですが、井出くんは全然ネタがなくて困っていました。そこへ浅野さんから悩みを打ち明けられ、これは記事にできるぞ、と。つまりお礼を申し上げるのはわたくしどもの方です。この度はまことにありがとうございます」

深々とお辞儀する。

「え、そうなの？」

思わず訊くと井出は肩を竦めて、

「まあ、ウィンウィンの取引ってことで」

と爽やかに言った。

二

井出。あの絵を――ユリエさんを記事にすると言い出したのは、お前の都合でもあったわけだ。でもぼくは決して嫌な気持ちにはならなかった。純粋な善意より計算があった方が気が楽だ。他人の色恋沙汰に興味のないお前らしいとも思った。

嫌な気持ちになればよかったのかもしれない。怒って中止にした方がよかったのかもしれない。そうすれば、ぼくはこんな苦しい思いをすることもなかっただろう。罪悪感に苛《さいな》まれることもなかっただろう。

　こうして眠れない夜を過ごすこともなかっただろう。

　その時は心のどこかで、こう思っていたのだ——夢の中の女、絵の中の女を探すことなんかに、そこまで深刻になる必要はない、と。


　かくして調査は始まった。井出が最初にしたのは、絵の来歴を調べることだった。そもそもこの絵は誰が描いたものか。ユリエさんにはモデルがいるのか。

　寿町を中心にフリーマーケットを開いているいくつかの団体に連絡を取ったが、成果はゼロ。二十年前の蚤の市について知っている人間は一人も捕まらなかった。

　次に彼は近くの美術大学に足を運んだ。

　油絵学科の若い教授に絵を見せると、彼はまず額から絵を外した。表も裏も入念に検分し、彼が出した結論は、

「分かりません」

　だった。

「名のある作家の作品じゃないってことですか？」

　井出の質問に、教授は首を横に振った。

「私には特定できない、という意味です。アマチュアの作であることも充分に考えられますが、絶対にそうとは言い切れない。私が見落としているだけかも」

学問に携わる人間の回答としては誠実だ、と井出は思ったという。

絵を撮った画像を教授に何枚か預けると、井出は都内の画廊を巡った。

同じ頃、湾沢青年と渦牧女史は街に出ていた。二人はそれぞれカメラと、絵を拡大コピーしたフリップを持参していた。

「ユリエさんに似た女性を探す」ための別働隊だ。

「それ、代わりの女性を見繕うってことですか?」

最初に別働隊の話を聞かされた時、ぼくは軽い困惑と苛立ちを覚えた。自分の悩みがバラエティ番組のノリで茶化されている。そう感じたのだ。

「身も蓋もなく言えばそうなります」

渦牧はあっさりと認めた。打ち合わせ室の椅子にもたれ、作りたてのフリップを眺めている。

「いや、それはちょっと」

「浅野将太さん」

渦牧はフルネームでぼくを呼んだ。妙な気迫に負けてぼくは口をつぐんでしまう。彼女はまるで表情を変えず、

「冷静に考えてみてください。あなたがユリエさんと呼ぶ女性は、ただの絵です。モデルがいるかどうかも定かではない。いたとしても見つかる確率は低いでしょう。井出くんの筋からは何の手がかりも見つかっていませんし」

早口で諭すように、

「ですが似た顔、似た雰囲気の女性なら探せばきっと見つかります。これが現実的な解決法だと思いませんか？　それに街で見つけた女性と浅野さんにロマンスが生じたら、それはそれで運命的な出会いだと思いませんか？」

トン、とフリップを机に立てた。ユリエさんが微笑を浮かべている。編集部の安価なプリンターで出力したわりには、綺麗に印刷されていた。

渦牧は相変わらず仏頂面だったが、細い目は爛々《らんらん》と輝いていた。

明らかに楽しんでいる。

運命的な出会いとやらを期待している。

意外なことに、苛立ちは収まっていた。むしろ「かもしれない」と概ね納得してさえいた。渦牧の饒舌に洗脳されたのかもしれない、と思いつつ、ぼくは別働隊の活動を承諾した。

まずは編集部の近くで昼間に。続いてオフィス街で。さらに飲み屋街で。

卵形の顔をした色白の女性を中心に、二人は道行く女性に声をかけた。いざ正面から見ると全然似ていないと判明すれば、フリップを見せて「知り合いに似た人はいないか」と別のアプローチを試みた。

とある商店街に出向いた、ある平日の夕方のこと。

フリップを手に歩いていた二人は、背後から声をかけられた。

「兄ちゃんたち、その人探してるの？」

いかにも人の良さそうな、ニット帽を被った小さな老人だった。

「ええ、これとよく似た人を」

湾沢青年が答える。老人は目を細めると、

「知ってるよ」

と言った。

「本当ですか？」渦牧は老人に迫る。

「うん。隣町にね。おれは会ったことないけど」

「隣町！」湾沢青年も老人に迫った。二人に見下ろされた老人は、ニヤニヤしながらダウンコートのポケットをまさぐり、大きなスマートフォンを取り出した。慣れた手付きで操作する。二人が見守っていると、彼は「おっ、これだ」と液晶画面をかざしてみせた。

ウェブサイトが表示されていた。黒い背景。宝石の画像がちりばめられている。筆記体で〈ＪＡＤＥ〉と書かれているのは店名だろう。その下には明るい髪を豪快に盛った女性の、バストアップ写真がいくつも並んでいる。

キャバクラのサイトだった。

「ほら、ナンバー3の白いドレスの子」

老人が指で一枚の写真を示す。

湾沢青年は「うわ」と感嘆の声を上げた。

ユリエさんとそっくりなキャバ嬢が写っていた。源氏名は「まゆら」。

「ありがとうございますっ」湾沢青年は老人に何度も礼を言うと、「やりましたね渦牧さん、ここまでそっくりな人が見つかるなんて」

老人は鼻を擦りながら、「困ってる人見たら、助けたくなるしね」と言った。

渦牧は難しい顔で「ううむ」と唸った。

三十分後。

隣町の駅前、雑居ビル二階〈JADE〉店内。

「やっぱり」

合皮の黒いソファに深々と腰を沈め、脚を組んで渦牧は言った。左隣では湾沢青年が作り笑いを浮かべている。傍らには「まゆら」と名乗ったキャバ嬢が座っていた。「えー、なになに？　どうしたの？」と不思議そうに訊く。

彼女の顔はユリエさんとは似ても似つかなかった。鼻も低く目も小さく、肌は酷く荒れている。サイトの画像は大幅なレタッチ――修整・補整をされていたのだった。

「何で凹《へこ》んでんの？　お仕事疲れ？　てか女の人が来るの珍しいなー」

ガラガラ声で話し続けるまゆら嬢に、湾沢青年は正直に事情を打ち明けた。

「……というわけなんですよ」

「つまり仕事です」

渦牧が補足する。右隣に座ったキャバ嬢が「そうなんだー」と気のない合いの手を入れる。

「ごめんねー。うち、ちょっと盛りすぎたかなー」まゆら嬢はケタケタと笑った。気分を害してはいないらしい。湾沢青年がフリップを手渡すと、「へー、ガイジンみたいだねー」と楽しげに眺める。

「台所かなー」

「そうみたいですね。じゃなきゃ厨房かも」

「かもねー」

まゆら嬢はしばらく絵を見つめていたが、やがて、

「これ、大阪じゃないかなー？」

と顔を上げた。子供のような笑みを浮かべている。

突然のことに湾沢青年が面食らった。「どういうことですか」と渦牧が真剣な顔で訊ねる。

「えー、だって」まゆら嬢は右下の茄子を長い爪で指すと、「これ泉州《せんしゅう》水茄子でしょ、そんで隣のは田辺《たなべ》大根だしー」

「大根？　白茄子じゃなくて？」

「うん。だってこれヘタじゃなくて葉っぱだよ？　あとその隣の菜っ葉はしろ菜でしょ。左の蕪はたぶん天王寺蕪《てんのうじかぶら》じゃないかなー。要はこれ、全部大阪で採れる野菜ばっかなの。売ってるのも関西だけだと思うなー、こっちじゃ全然見ないからー」

まゆら嬢はフリップを見つめながら「なつかしー、ふふ」と笑った。訛《なま》りこそないものの関西出身らしい。

想像すらしていなかった展開そして発見に、湾沢青年と渦牧は顔を見合わせた。

「あの、えっと——まゆらさん、お写真、ネットの記事に掲載して大丈夫ですか？」

「盛ってるやつならいいよー」

彼女は自分の顔を指差して「でもこっちはNG」と、そこだけ低い声で言った。

事務所に戻る電車内で、湾沢青年は隣に立つ渦牧に訊ねた。

「大阪か、関西圏で描かれた絵ってことですかね」

「飛躍が過ぎます」

たしなめるように渦牧は答えた。

「画家が故郷を懐かしんで描いたものかもしれないし、ただ図鑑か何かを見て描いただけかもしれない。これだけじゃ手がかりとは言えません」

冷静に指摘する彼女に、湾沢青年は「ですよねえ」と肩を落とした。

駅で降りて順に改札を抜けたところで、雑踏の中に一際目立つ背中が見えた。逞しい長身。この寒いのに赤いタンクトップ一枚。

近付いて呼びかけると、井出は「おっ」と目を見張った。すぐさま二人に走り寄り、「ちょうどよかった、手がかりをアレしたよ」と嬉しそうに言う。

「というと？」壁際に寄りながら渦牧が訊く。

「この絵さあ」井出はトートバッグを示して、「大阪で描かれたのかもしれない。それか以前は大阪にあったかも」と言った。

「それかあ」

渦牧は湾沢青年と視線を交わして、

「野菜でしょ。わたしたちも気付いたんだけど、それだけで決めるのは――」

「へ？　野菜？　何のこと？」

井出はきょとんとした顔で訊ねる。

「だから、その絵の野菜が、関西で採れるやつだって話でしょ」

「いや、違う違う」

ニコリと歯を見せると、井出はバッグを少し開いて、

「このアレがさ、大阪の有名な店のやつなんだって」

「アレって何ですか？」湾沢青年が訊く。

「だからアレだよ……そうだ、額縁！」

井出は正確な言葉を捻り出すと、「神保町《じんぼうちょう》の画廊でね、オーナーの人がアレしてくれたんだよ。絵はアレだけど額縁はその店で間違いないって。シンプルだけど特徴があって一目瞭然だって」と言った。

三

ユリエさんの絵が収まっていた額縁は、大阪の日本橋《にっぽんばし》にある老舗額縁店「あかぎ」の自社製品だった。今でこそネット通販で全国どこにいても購入できるが、ユリエさんのタイプのものは型が古く流通していない。二十年以上前、店舗で直接買ったものに違いない。

井出が画廊のオーナーから聞いた話は、手がかりと呼んでいいものだった。三人で話し合った結果、大阪に行ってみるしかない、と話がまとまった。

「出張費は出せませんよ」

編集長の八坂という人は冷たく言い放った、という。

「無駄に終わる可能性が高い。どうしてもというなら自腹で行ってください」

「でも、せっかくアレなのに」井出が食い下がる。

「それに以前のリクくんのアレ、結局書かなかったのに経費も原稿料もアレしてくれたじゃないですか」

「アレは例外中の例外です。追加取材を依頼した私にも責任がある。今回とはまるで性質が違います」

井出の傍らで、湾沢青年が顔を伏せた。

「今回のコレもある意味アレで……」

「八坂くん」

そう呼びかけたのは渦牧だった。場の空気が一瞬で変わる。普段は「さん」付けなのにどうしたことだ。井出は心の中で首を傾げた、という。

渦牧は両手を腰に当て、見下ろすように八坂の前に立つと、

「あのさ、中一の時、部活の帰りに――」

「一人分では如何《いかが》ですか?」

八坂は遮るように訊いた。表情にまるで変化はなく、それ以上何か言う様子もない。

渦牧は口だけでニタリと笑うと、

「手を打ちましょう」

普段の顔と口調に戻った。

渦牧は八坂の弱みでも握っているのか。この二人は古くからの知り合いなのか。考えてみればどちらも年齢不詳だが、いったい何歳なのか。

ますます訳が分からなくなった井出だったが、質問するのは止めておいた、らしい。電話で一連の経緯《いきさつ》を聞いたぼくは、ほとんど無意識に詫びの言葉を口にした。

「ごめんな」

「何が？」

「いや、話が大きくなってるみたいで……」

「ショータくんが謝ることじゃないでしょ。それに大きい方がこちらとしてもアリだし。ありがとう」

井出は遠足を待ち侘《わ》びる子供のような口調で、

「どうしようかなあ、出張の日程決めなきゃ。でも〆切が三つ被ってるから……」

「あのさ」ぼくは思い切って言った。「その出張、ぼくも行っていいかな。もちろん自分の分は自分で出すよ。宿泊費も」

「へ？　いいけど忙しいんじゃあ」

「何とでもなるよ。それに井出たちに任せっぱなしで悪いし」

ぼくは半分だけ本当のことを言った。もう半分は明かさなかった。

調査が始まってからというもの、ぼくはほとんど毎日ユリエさんのことを夢見るようになっていたのだ。カウンターの手触り、調理器具。浮かび上がる彼女の顔。それまでにも増して、ぼくは彼女に恋焦がれるようになっていた。

翌週の土曜。ぼくは新幹線で大阪へ向かった。

隣に座っていたのは渦牧だった。

井出は急な仕事が入り、止むを得ず自分が代理で行くことになった。自分は『アウターQ』編集部に雇用されているわけではなく、長期契約したフリーの編集者でしかない。そして多忙である。だから調整するのはとても大変だった――

前夜の電話で、当日朝九時の東京駅ホームで、そして席に着いてすぐ、渦牧は繰り返し説明した。要するに「遊びに行くわけではない」と言いたかったのだろう。

「……申し訳ないです」

「とんでもない。これも仕事です」

渦牧は事務的に返すと、崎陽軒《きようけん》の炒飯《チヤーハン》弁当を開いた。割り箸を割る時に「むふん」と奇妙な声を漏らしたが、すぐ何事もなかったかのように食べ始めた。

鼻歌を歌いそうになったのではないか。やはり楽しんでいるのではないか。

井出の代理という話は事実なのか。

気になったものの、ぼくは訊かなかった。井出にも問い合わせたりはしなかった。今になって確かめようとも思わない。だからぼくが新幹線の中でこんな気持ちでいたことすら、井出は今も知らずにいる。

そうだ。井出、お前は知らない。知るはずもない。

毎日の帰宅途中、ぼくがどんな気持ちでいるか。スマホに届く彼女からの言葉を見て、どう思っているか。

玄関のドアを開ける前に、ぼくが何故ためらってしまうのか。


日本橋の電気街の裏通り。額縁専門店「あかぎ」はとても小さな店だった。レジに立っていたのはいくつもピアスをした青年で、渦牧が用件を告げると無言で奥に引っ込んだ。代わりに現れたのは鋭い眼をした、細身の不機嫌そうな老人だった。

「うちで作ったもんやね」

絵を手渡すと、老人──店主の青木《あおき》さんは額縁をしばし眺めてから言った。

「この形のやつはもう作ってません。職人が辞めよったからね。表のこの細工ありますやろ。これ、そいつしかでけへんかったんです」

「ではダメ元でおうかがいしますが、その絵に見覚えはございませんか」

渦牧が慇懃に訊いた。

「どうでっしゃろなあ」

口を歪めて青木老人は絵を眺めた。その顔が緊張を帯びるのに、長い時間はかからなかった。

「お母ちゃん！」出し抜けに青木は言った。

「うそ」渦牧が細い目を見開く。

「ああ……ちゃうって」老人はかぶりを振ると、「お母ちゃん、ちょっと出てきてくれ！」と店の奥に大声で呼びかけた。すぐに「はいはい」と面倒くさそうな声がして、奥から丸い体型に丸顔の老婆がやって来た。ユリエさんとはまるで似ていない。

「ヨメや。カミさんや。カミさんのことお母ちゃんて呼ぶこともあんねん。東京の人らもそうやろ、そっちはお母さんて言うんか知らんけど」

くどくどと説明する青木の顔に、照れ臭そうな笑みが浮かんでいた。「ええ。だと思いました」と、渦牧が平然と答えた。

絵を見た青木夫人は「あらっ」と眉間に皺を寄せて固まった。ぼくと渦牧は黙って彼女の言葉を待つ。額縁だけが壁を埋めるように掛かった店内は、しんと沈黙に包まれた。

話が動いてる。展開しようとしている。予感と期待で震えにも似た感覚に襲われながら、ぼくは夫人の険しい顔を見つめていた。

「……これ、あの人や」

夫人は顔を上げた。発言からは何の意味も読み取れない。

「そうやんな」青木がうなずく。

「どの人ですか」渦牧が急《せ》かすと、夫人が口を開いた。

「昔のお得意さんに、趣味で絵ぇやってはる人がおって。見してもろたことありましたけど、何か暗い絵ばっかりやったんです。犬とか猫とかの。雰囲気はちょうどこんな感じ。でもそんな上手くないでしょ？　まあようけ買《こ》うてくれはったし、それなりに仲良うさせてもらってたんですけど」

「この絵を描いた方が？」

「そうそう。絵と一緒で暗い人やったわ。黒ずくめで髪の毛もなんやボサボサで長くて。サングラスもしてはったな」

口調が次第に砕けたものになっていく。

「名前分かるか？　わし覚えてへん」

「黒ちゃんって呼んでたなあ。黒い格好してるから」

そのまんまやハハハ、と夫人が笑う。ということは――

「今はいらっしゃらない？」

渦牧が先に訊いた。

「亡くならはったんよ」

瞬時に深刻な顔になった夫人が言った。声まで違う。

「もう何年経つ？　二十年、いやもっと前か」

青木が首を捻りながら、

「花博《はなはく》があった頃やろ。一九九〇年かそこらや」

「せやせや、あれや、吉田《よしだ》さんの奥さんが最終日に花ようけ持って帰って、ほんまはあかんのちゃうのってみんなで言うたら、花を愛して何が悪いのんってえらい怒らはって」

あっという間に話が脱線する。

「すみません」渦牧が割り込んだ。「その黒ちゃんさんがお亡くなりになったのを、どうしてご存じなんですか」

「そらあんたアレやがな」

夫人は完全に世間話の口調で、

「奥さんが来はったからや。生前はお世話になりました、葬式は身内で済ませました言うて。それですぐ帰らはってお終い。あれから二度と来てへん」

と、万歳するような仕草をした。

声にならない声をぼくは漏らしていた。お終い。たしかにそうだ。この絵を描いた人間は死んだ。憶測でも伝聞でもない確実な情報だ。だから作者に絵について訊くこともできない。

せっかく大阪まで足を運んだのに、すぐさま道は途絶えた。徒労感と落胆が身体に広がった。と同時に安心感と解放感も。これ以上無理なら、もう夢について考えるのをよせばいいだけだ。考えないわけにはいかないなら、以前のように一人で悩むだけだ。

周りを巻き込まずに。

渦牧が虚ろな目で遠くを見つめていた。

「……にしても、よう似てはるな」

夫人がまじまじと絵を見つめながら、感心したように言った。

「せやな。下手やけど雰囲気出てるわ」

青木が同意する。

今度はぼくが先に訊いていた。

「だ、誰にですか？」

「あれ、うち言わんかった？　これ、黒ちゃんの奥さんそっくりよ」

「ヨメの肖像画ですな、間違いなく」

青木の断定口調に、渦牧の目がみるみる輝きを取り戻した。

四

ユリエさんには実在のモデルがいる。ユリエさんとよく似た特定の女性がいる。

ぼくと渦牧は色めき立ったが、次の手が思い付かない。

とりあえず事の次第を説明すると、渦牧はこう訊いた。

「何か記録はありませんか。黒ちゃんさんの住所が分かるような。額を配送した記録だとか」

「あらへんあらへん。いつもここで買うて持って帰ってたよ。これは絶対や」

青木はつれない返事をした。やはりか、と思ったところで、

「……寒中見舞い」

黙っていた夫人が不意に口を開いた。

「亡くなった翌年に来てたわ。お世話になりましたって」

「知らんてそんなん」

「来てた。絶対来てた。返事しよう思って、それで結局出さんかったんや。せやせや、山岸《やまぎし》さんとこのマミちゃんが補導されたとかいうて、近所で騒ぎになったから忘れて——」

「残っていますか？」

「あるかいな」再び青木が首を振る。

「分からんで。捨てた記憶ないもん」

夫人が言った。声にも目にも、強い決意がこもっていた。渦牧の熱意にほだされたのか、いつの間にか彼女までその気になっていた。

「人助けや。これも何かの縁やろ」

彼女はぼくの肩を強く叩いた。

ありがたいと思った。そしてやはり申し訳ないとも思った。

ピアスの青年に店番を任せて、夫妻とぼくたちは事務室や住居スペース、そして倉庫を片

っ端から漁《あさ》った。夕食は近所の中華料理屋の出前で、代金は「経費で落とせます」と豪語した渦牧が支払った。

午後八時。

「あったで……」

疲れ切った声を上げ、茶色く変色した葉書を掲げたのは青木だった。イの一番に調べた事務室の後ろの棚をもう一度たしかめたところ、一番目に付く抽斗《ひきだし》の奥で見つけたという。

「思い出したわ、白石《しらいし》さんや。黒い格好してんのに白石かいって一瞬笑い話になって……」

へなへなとその場にくずおれる。

差出人の名前は「白石啓子《けいこ》」。住所は大阪府の豊中《とよなか》市だった。

「さすがうちが見込んだ男や」

夫人が夫の傍らで誇らしげに言った。ぼくたちがいなければ抱きついていたかもしれない。そう想像してしまうほどうっとりした目で、彼女は青木を見つめていた。青木は今にも寝てしまいそうなほど疲れ果てていた。

葉書を譲り受け、夫妻そして散らかった事務室の写真を撮り、何度もお礼を言って、渦牧とぼくは「あかぎ」を後にした。

「……ユリエさん、いえ啓子さんに会えるかは、まだ分かりませんよね」

予約していた近くのビジネスホテルに向かう途中、ぼくは訊いた。

「引っ越してるかもしれないですし。ご近所に訊いて分からなかったら、もう……」

「諦めません」

渦牧が遮った。

「白石啓子さんは浅野さんよりずっと年上でしょう。思い切り若く見積もって当時二十歳だったとしても、現在は五十歳近い。あるいは再婚しているかもしれません。ですが」

手にした葉書から顔を上げると、

「障害が多ければ多いほど、ロマンスの炎はより熱く、そしてより高く燃え上がるものです。わたしはそれをこの目で確かめてみたい」

大真面目に言った。

興味本位、野次馬根性であることを白状したも同然だった。

「あの……」

「何か?」

「……いえ、大丈夫です。こうなったら最後まで頑張ります」

ぼくは言った。

そこで正直に打ち明ければよかったのだ。

今更遅いなどと変な気を遣わず、渦牧に相談すればよかったのだ。

「ええ、頑張りましょう」

渦牧はニタリと笑った。

ビジネスホテルの個室で、ぼくはユリエさんの夢を見た。

今はもう見ない。

暗闇の中すやすやと眠る、ユリエさんそっくりの彼女の寝顔を、隣でじっと見つめている。


翌日。午前十時にチェックアウトを済ませ、僕と渦牧はすぐ葉書の住所に向かった。地下鉄で梅田《うめだ》駅まで出て、阪急《はんきゅう》電車に乗り換える。

豊中駅で降りてタクシーに乗り、渦牧が運転手に葉書の住所を指定する。彼女はもう経費がどうのとは言わなかったし、ぼくも訊かなかった。

タクシーが停まったのは住宅街の一角だった。

降りてすぐ目の前の二階建てに目を向けると、

〈白石〉

灰色にくすんだ門柱の表札にそう書かれていた。

古びた二階建て。家屋そのものにこれといった特徴はない。色あせた青い屋根。白い外壁。一方で門扉《もんぴ》は家屋に比べて不釣合いなほど大きく、酷く目立った。太く青白いフレームはぐねぐねと折れ曲がり、炎のようにも薔薇《ばら》の花のようにも見える模様がびっしりと彫られている。お世辞にもいい趣味とは言い難い。

芸術を嗜《たしな》む家主が独自のこだわりを発揮した。そう推測したくなるようなデザインだった。

「いかにも、ですね」

渦牧が言った。同じことを考えていたらしい。視線でぼくを促す。ぼくは緊張を感じる前に門柱のインターホンを押した。

屋内でかすかにピンポンと鳴る音がした。

誰も出てこない。弱々しい冬の日差しが、静かな住宅街を照らしている。ざわざわと遠くの一際高い木々が鳴った。神社か公園があるのだろう。

もう一度押してみたがやはり返事はなかった。

「留守でも何らおかしなことはありません。アポも取っていませんので居留守を使われても抗議する筋合いはない」

自分に言い聞かせるように渦牧が言う。細い目は駐車スペースを向いていた。窓まで埃を被った軽自動車が停まっている。

「ですね」

残念な気持ちになりながら、ぼくは三度目のインターホンを押した。今度は頭の中で大まかに時間を計る。三十秒待ってみたが、やはり何の反応もなかった。

今度こそ終わりか。

渦牧が厳しい表情で白石邸を見上げていた。ぼくも思わず彼女に倣う。何の変哲もない二階建て。それを隠すように目の前にそびえる、大きくて装飾過剰な門扉。

二階の窓には分厚いカーテンが掛かっていた。

「……待って」

渦牧が言った。珍しいことに顔をしかめていた。

直後にぼくの鼻が臭いを捉えた。

ガスだ。都市ガスの臭いだ。

「まさか」

ぼくは思わず身構える。ガスの臭いはますます強くなっている。

「不完全燃焼を起こしてるのかもしれない」

今まさに考えていたとおりのことを、渦牧は言った。

「ここじゃないかもしれない。別の家かも」

可能性を一応は指摘するが、疑念はますます膨らんでいる。焦りで腹の底が浮くような感覚がする。渦牧は数秒ほど困ったような顔をしたが、

「突入しましょう」

と無表情に戻って言った。

五

【本文（続き）】

さて、事実関係を整理してみましょう。

Sさんが病気で亡くなってしばらく後、奥様はSさんの描いた絵をすべて知人に譲りました。愛する夫の描いた絵を、手元に置いておくことが辛くなったからです。

そのうちの一点が回り回って東京のとある蚤の市で売られ、Aくんの両親に購入されました。全ての始まりとなった奥様の肖像画です。

幼いAくんは、肖像画に描かれた女性に恋をしました。ユリエさんと呼んで慕いました。

大人になって夢に見るようになり、彼は私に相談しました。ネタに困っていた私は仲間を募り、ユリエさんを調査することにしました。そしてあの日、あの時間、Aくんと編集ウズマキさんは、S邸を訪れました。

結果――

Sさんの奥様と娘さん、二人の命を救うことができたのです。

不完全燃焼を起こしたガスで意識を失っていた母娘を、救助できたのです。

※　※

井出の記事を読みながら、ぼくは白石邸に突入した時のことを思い返していた。台所のガラス窓を、肘鉄《ひじてつ》で叩き割ったのは渦牧だった。

途端に強烈なガスの臭いが鼻を突いた。

尖ったガラスの破片を避け、何とか室内に潜り込んだ。

廊下に茶色い髪の女性が倒れているのを見つけ、抱え上げて彼女の顔を見た。

あとの記憶は曖昧だ。

夢中だったのだろう。後で渦牧から聞いたところによると、ぼくは「救急車を呼べ！」と渦牧に指示し、玄関を開け放って女性を表に出した、という。

すぐに引き返して階段を駆け上がり、二階で白髪の中年女性が意識を失っているのを発見。彼女を背負って屋外に脱出した、らしい。

黙々と事に当たるぼくを見て、渦牧は驚きながらも感心したそうだ。

ずっと優柔不断で受け身で、流されやすい人だと値踏みしていました、申し訳ありません――と、彼女は帰りの新幹線でぼくに詫びた。ぼくは「いや、仰るとおりですよ」と答えた。

優柔不断。受け身。流されやすい。

まさにぼくそのものだ。

二人を助けたのは一種のトランス状態だったからで、ぼくはずっと渦牧が見なしていたとおりの人間だ。今もそれは変わらない。

※　※

もしAくんとウズマキさんの訪問が数時間遅れていれば。もし「あかぎ」の店主夫妻が寒中見舞いを処分していれば。もし私が神保町の画廊を訪れていなければ。もし「まゆら」嬢がプロフ画像を大幅に加工していなければ。

二人は亡くなっていたかもしれません。

手柄を誇るつもりは一切ありません。これは偶然の産物です。

ですが私は、これを「運命」と呼んでしまいたくなります。巡り合わせ、或いは奇跡と呼びたくもなります。ライター歴八年の私ですが、こんな経験は初めてです。これから経験することもないでしょう。

奥様と娘さんですが、現在はお元気そのもの。奥様はSさんから引き継いだ建築会社の経営をバリバリやっていらっしゃいます。

娘さんも管理栄養士の仕事に打ち込んでいます。Aくんとは週に一度、東京か大阪でデートする仲だとか。

そう。この件をきっかけに、Aくんと娘さんはお付き合いをすることになったのです。
決して私たちが無理に勧めたわけではありません。
画像をご覧ください。奥様と娘さんは、年の差こそあるものの瓜二つ。
それだけではありません。
娘さんの名前はなんと――「百合絵《ゆりえ》」というのです。

※　※

画像には白石啓子と百合絵が並んで写っていた。救急車で運ばれた二日後、退院した時の写真だ。井出の言うとおり二人はよく似ている。啓子の髪は白く、顔も皺が目立つが、当時二十七歳の百合絵は若々しい。つまりユリエさんにそっくりだ。

この記事が掲載された後も、ぼくと百合絵の交際は順調に進んだ。彼女が上京し同棲《どうせい》するようになった。運命的な出会いの衝撃が覚めてからも、彼女の気持ちが変わることはなかった。むしろますますぼくを慕い、愛するようになった。

ぼくも彼女を愛した。彼女をユリエさんだと思うようになっていた。もちろんあの絵に描かれていた女性は啓子だが、そんな事実がどうでもよくなるくらい、ぼくは彼女と二人でいることに夢中になった。彼女の仕草、話し方、価値観。その全てを愛おしく思うようになった。

そして悩むようになった。

百合絵と二人で新年を迎えた。もうすぐお前に取材されて丸一年になる。その頃には籍を入れる方向で進んでいる。挙式と披露宴は未定だが、挙げるとしたら井出、お前を呼ぶことになるだろう。渦牧と湾沢青年も招待することになるだろう。百合絵も呼びたがっている。

だが井出。ぼくは不安に襲われている。

果たしてお前たちを呼べるだろうか。

お前たちを呼んで、式を挙げることができるだろうか、と。

※　※

というわけで、友人の悩みの種である「ユリエさん」について調査したら、結果的に人命救助をしたうえ、めでたく友人と「百合絵さん」が交際するに至った——という行き当たりばったりかつ劇的、かつ収まるところに収まった感のある大長編、如何でしたでしょうか。

人の恋路をお世話するのが大好きなウズマキさんも、今回の顚末《てんまつ》には大喜び。結婚式には絶対呼んでほしい、と気の早いことを言っています（と書くようウズマキさんに言われました）。食わずぎライター－こと湾沢くんはコンパに行くようになったそうです。

※　※

お前は覚えていないだろう。ぼくも覚えていない。

最初に酒の席でユリエさんについて明かした時のことは、はっきり思い出せないでいる。

ユリエさんの夢について正確に伝えたか、自信が持てないでいる。

そして改めて取材された時も、最後まで言うことはできなかった。

夢の中。暗闇からユリエさんが現れる。ぼくに微笑みかける。見つめ返したぼくは幸せな気分になって、カウンターに飛び乗る。

ここでぼくは目を覚ます、とお前は思っているだろう。

実際は違う。あの夢には続きがある。

カウンターに乗ったぼくは、そのままユリエさんに飛びかかり、押し倒し——

い、い、い、首を絞めて殺すのだ。

目が覚めるのはその後だ。

胸に穴が開いたような喪失感を抱えて、ぼくは殺した彼女に思いを馳せるのだ。

機会を逸してしまい、誰にも言えなかった。自分のことのように熱くなって力を貸してくれた皆を見ていると、どうしても打ち明けることができなかった。

※　※

最後にAくんからの最新コメントを掲載します。

「本当に嬉しいです。でも申し訳ないような気もします。こんなに大勢の人を巻き込んでしまいましたし、それにこの後どうなるのか分からないので、正直不安です」

ここへ来て弱気なのが気になりますが、一方で百合絵さんはどうお考えなのか。コメントを頂戴《ちようだい》しました。

「わたしと母を助けてくださった『アウターQ』の皆さん、改めてありがとうございました。そしてAくんには一生かけて感謝したいです。あの日Aくんたちが家に来た流れは、何回説明されても頭が混乱するばかりで、『こんな偶然ってあるの？』と未だに不思議です。でも最近は、そういったこと全部含めて運命なのかな、と考えています。Aくん、これからもよろしくお願いします」

お二人のご多幸をお祈りしたところで、調査報告「絵の中の女性・ユリエさんを探せ」、終了とさせていただきます。長文にお付き合いいただきありがとうございました。

（取材・文／井出和真）

※　※

記事を読み終えて携帯を充電器に差し込むと、ぼくは寝室に戻った。ベッドでは百合絵が小さな寝息を立てている。仰向けになった彼女の顔をぼくは立ったまま見下ろす。次第に暗闇に慣れた目が、彼女の顔をはっきりと捉える。

壁にはユリエさんの絵が掛かっていた。

そっくりだった。白い肌。どこか欧米人を思わせる目鼻立ち。布団から出た手は絵と同様にすらりと長い。

ここまでユリエさんに似ているなら、ここまでユリエさんと同じように愛することができているなら――

ユリエさんと同じように、殺した方がいいのではないか。

そんな妄想を抱えながら、ぼくは日々を過ごしている。

やはりカウンセリングを受けた方がいいのだろう。そう考えると同時に、それより先に百合絵の首を絞めなければ、とも考えてしまう。前後関係が出鱈目《でたらめ》な心理の板ばさみになってしまう。

実行に移さないのは渦牧や湾沢青年のことを思い出すからだ。「あかぎ」の店主とその夫人のこと、百合絵の母、啓子のことも。

そしてもちろん井出、お前のこともだ。
百合絵と引き合わせてくれてありがとう、という感謝の念。
百合絵を殺してしまったらお前に悪い、申し訳ない、という気持ち。
その二つに苛まれながら、ぼくは百合絵を見下ろしている。

映《ば》える天国屋敷

一

【タイトル】

歓迎！　映える天国屋敷

【リード】

パラダイス、秘境、オレ博物館……一筋縄ではいかない家主による摩訶《まか》不思議な物件に、人類はいろいろな名前を付けてきました。ですが今回の物件に、ボクは「天国屋敷」と名付けたい！　理由は以下！

【本文】

食わず嫌いをすっかり克服した食わずぎライター・湾沢です。先月テレビに出演させてもらってからというもの、公私ともに慌ただしくなってしまい……

そんなボクにヤサカ編集長はこう命じました。「怪しい家があるから調べてこい」と。うわー、ベタな案件！　……と思いましたが口には出せませんでした。

民家か、店舗か、アトリエか。それともそれ自体がアートなのか。ネットを調べても情報はほとんどありません。二十一世紀の東京にも〝秘境〟はあるのです。

　そんなわけで先日、徹夜で原稿二本を片付けたボクは、怪しい家のある東京都青梅《おうめ》市久美《くみ》沢町《さわちょう》へと足を運んだのですが……

【写真01キャプション】
●久美沢駅前。まるでゴーストタウンのような静けさ
【写真02キャプション】
●駅前唯一のショップ。棚に並ぶのは酒とお米と駄菓子と文具
…………

※　※

　住宅街を突っ切る急勾配の坂道を上りながら、僕は何度目かの溜息を吐いた。立ち止まりそうになるのを何とか思い止《とど》まり、無理矢理に歩を進める。

　運動不足だから、タクシー代がもったいないから――と、駅から徒歩で行こうと思ったのが間違いだった。現場に行く前に、取材をする前に、僕は疲れ果てていた。ここ最近忙しすぎたせいもある。

ありがたいことにこの一年で仕事は増えていた。書いた記事がSNSでバズり、話題になることも多くなった。そして。

四ヶ月ほど前のことだろうか。記憶は早くも曖昧になっている。編集部でウズマキさんと話していると、井出さんが現れ、僕を見付けるなり表情を明るくした。

「リクくん、テレビのアレにアレしない？」

ウズマキさんが怪訝な顔をしたが、僕は理解できた。

「番組出演ってことですか？」

「そそ。タケコ・インターナショナルの、ゴールデンのアレ」

タケコ。いま一番人気の、「女装屋」を名乗る巨漢タレントだ。ゴールデンタイムということは『タケコの知らなすぎる世界』か。

「プロデューサーと前からアレなんだけど、ウェブ系ライターに出てほしいんだってさ」

「いやいや、井出さんの方が適任だと思いますよ、絵的にもキャリア的にも」

「俺はアレだからパス。悪いけど出てくれないかな。最近出演者がなかなかアレなんだって。プロデューサーには昔ちょっとお世話になって……」

井出さんはパン、と顔の前で手を合わせ、「お願い」と泣き顔を作った。恩人にそこまで言われて断れるわけがなかった。

スタジオは思ったより狭かったが、観客席は満杯だった。スタッフも想像した三倍はいたし、どういう立場の人か分からない、スーツの男女も何人かいた。

今をときめくタケコ・インターナショナルは、端的に言って立派な人だった。カメラが回っていないところでは穏やかで、尊大なところがまるでない。が、カメラが回るとテレビでお馴染みのテンションで僕をイジり倒した。僕のしどろもどろの反応も、彼の嗜虐《しぎゃく》趣味を煽《あお》ったらしい。

「主にネットで活動するライターの仕事をタケコに説明する」という企画趣旨は早々に崩壊し、僕は三時間半もの間、タケコにいいようにされたのだった。収録時間は事前に聞いていたより一時間も延びた。

出演した回が放送されたのは先月頭のこと。これがとても話題になった。僕はオタオタしていただけなので、タケコとスタッフの腕の賜物だ。「神回」「新たな逸材」とネットでバズり、ネットニュースにもなり、おまけに僕はいくつかの、老舗ウェブマガジンにインタビューされた。

取材する側からされる側になった。言葉にすると格好を付けているようだが、実際はただただ恥ずかしく、居心地の悪い思いをしただけだった。

幸いなことに、注目されたのは一瞬だけだった。

だが、ありがたいことに仕事の依頼がまた増えた。

驚いたことに、いくつかの出版社から、これまでの記事を書籍にまとめないかと打診された。

この仕事を始めたばかりの頃を思い出した。お金はない代わりに時間はやたらあり、井出さんに感謝しつつも「このままで本当にいいのだろうか」と迷いは消えず、不安と焦りが常に心の奥底でジリジリ焦げ付いていた、あの辛い時期を。

僕は仕事を受けられるだけ受けることを選んだ。そして現在に至る。ペースを摑み効率も良くなり、上手くこなせている確信はあった。心身ともに何の問題もなかった、と思っていたが、意外と身体はガタガタだったらしい。

自販機の前で一休みすると、僕はスマホで地図を確認し、再び歩き出した。脇道に入り角をいくつか曲がり、そろそろだろうと思ったところで、不意にそれは現れた。

木造家屋、ではあるのだろう。

元は立派な二階建てだったのだろう。

屋根と塀には瓦が葺《ふ》いてある。庭も広く、大きな松の木が生えている。だが、はっきり分かるのはそれくらいだった。

塀にはズラリと、カラフルな像が並んでいた。

磨崖仏《まがいぶつ》の要領で塀を彫って作られた、二メートル近い棒立ちの立像。ペンキで衣服や目鼻口が描き込まれている。Tシャツにハーフパンツ、作務衣《さむえ》。タッチも濃淡もないベタ塗りで、お世辞にも巧みな腕前とは言えない。喩《たと》えるなら小学生の、卒業制作のモニュメントくらいの出来映えだ。これは塀がさほど分厚くなく、深く彫れないせいもあるだろう。偉そうに言うなら、制作手法が素材と合っていないわけだ。

　像と像の間の壁面には、小さな人形が貼り付けられていた。小さい、と言っても高さは五十センチ以上もある。間近で見て分かったが、ペットボトルに粘土を貼り付けているらしい。描かれた服装から察するに、こちらは子供を表現しているようだ。

　屋敷の周りに幾つもの足場が組まれている。工事中ではない。足場を埋め尽くすように、大小様々な人形や縫いぐるみが座っているからだ。どれも既製品のようだが全て色あせ、ぐったりしている。

　庭にも何かが、それも沢山あるようだ。幟《のぼり》のようなものや、星形の飾りが少しだけ見える。

　正直なところ、事前にネットの地図サービスで、外観はある程度確認していた。だが実際に見ると迫力が桁違いだった。稚拙さ、素朴さが逆に禍々《まがまが》しさを感じさせる。

　更に柔らかい日差し、穏やかな風、午後の住宅街の静けさが、屋敷の異様さを際立たせている。失礼なのを自覚しつつ、僕は怖じ気づいていた。

　連絡先は分からなかった。だから今回は取材申請で、あわよくばそのまま話を聞こう、中にも入らせてもらおうと思っていた。進行がタイトなせいもある。

　だが、この家は――

　駄目だ、迷ってはいられない。僕は自分の頬を叩き、隣家に足を向けた。

近所の人々は協力的だった。みんな嫌な顔一つせず、話をいろいろ聞かせてくれた。

「とっても優しそうな方でね。笑顔で挨拶してくださるの」

「身なりに気を遣わない、変わった方だけど、散らかしたりはしないのね。むしろあの人が来てからこの辺、キレイになったかもしれない」

「子供が手を振ったら振り返してくれるよ」

いい人である、という証言が集まる一方で、

「子供がちょっと門に近付いたら『来るな』って怒鳴られたらしいの。入ってくるなって」

「塀の仏様？　うちはそう呼んでるんだけど、近付いて見てたらものすごく睨んできてね。背が高い人だから、すごく怖かった。冬でも薄着なのも異様だしね」

「門の前で仁王立《におうだ》ちしてることもありますねえ。門番というか、見張りというか……いえいえ、何かされたことはないいんですよ。でも怖い顔して立ってるのが、こう、威圧されてるというか」

否定的な証言もあった。この振れ幅はどうしたことだろう、と思いつつ、同時にいかにもそれらしい気もした。どちら側の証言にも共通しているのは、誰も塀の内側を知らないということだった。

聞き込み取材が終わると、僕は門の前に立った。

門扉は開け放たれていたが、入るのは躊躇われた。門を守るように、ペットボトル製の大

きな人形が並んでいたせいだ。高さ約一メートル半。複雑に組み立てられ、塀のものと同じく粘土で補強されペンキを塗られている。全部でちょうど十体。インターホンの下に木の板が立て掛けてあり、「ようこそ」と赤いペンキで書かれている。

表札の類《たぐい》はどこにもなかった。

人形たちの大半の手には団扇《うちわ》、そうでなければパンパンに膨らんだレジ袋が貼り付けられていた。何体かは野球帽を被っていたがチームはバラバラで、家主は特定の球団のファンではないらしい。よく見ると下半身のボトルに砂が詰まり、風で飛ばされないようにしている。

そうした工夫をする知性、理性はお持ちのようだ。

プロファイリングごっこに夢中になっている自分に気付いた。こんなことをしていても埒《らち》が明かない。僕は人形の隙間を何とか擦り抜け、インターホンを鳴らした。

中から足音が聞こえて来たのは、ボタンを四度押した直後のことだった。

家主は門の遥か向こうの玄関扉からではなく、庭の方からひょっこり顔を出した。予想していなかった登場に僕の心臓は大きく鳴った。

灰色の髪は肩まであり、顔のほとんどを隠している。それでも男性だと分かるのは顎の無精髭のせいだ。

年齢は分からない。ボロボロのTシャツと、汚れて穴だらけのジーンズを穿《は》いている。上下ともに赤、ピンク、黄色、水色、その他様々な色の水玉模様だった。作業着ということだろう。あの格好で色を塗るのだ。

足はサンダル履きだった。かなりの猫背だが、真っ直ぐ立てば相当な長身だろう。井出さんと同じくらいあるかもしれない。ゆっくりとこちらにやって来る。

「こんにちは」

僕が挨拶をすると、男性は無表情のまま口を開いた。

「……た」

「え？　何ですか」

「呼び鈴、結構鳴らした？」

蚊の鳴くような声だった。

「あっ、はい、四回」

「すみません、ぼうっとしてて……お客さん、ですか」

僕は名刺を差し出した。

「すみません、ライターをやっている湾沢と申します。こちらのお宅がとても不思議なので、是非取材させていただきたいと思いまして。媒体はネットになりまして……」

『アウターQ』のことを説明する。名刺を受け取った男性は名刺を太陽にかざしたり、間近で見つめたり、手触りを確かめたりした後、

「……か」

「え？」

「取材は、人に、見てもらえるんですか」

「え、ええ。そんなに有名じゃないですけど、最近はどの記事のＰＶも増えてますし」

僕の効果だ、と驕《おご》りが湧き上がるのを抑える。男性は名刺を弄りながら、

「じゃあ、来てくれるんだね」

「え？」

今度は聞き取れたが意味が分からなかった。男性はニッと歯を見せた。歯並びは悪いけれど全部そろっている。ということはそこまで高齢ではないのか。笑みの理由を掴みかねて、愛想笑いを返そうとしたところで、

「いいよ」

男性は言った。髪の間から大きな目が覗いた。

「どうぞお入り下さい」

と、身振りで中を示す。会話が噛み合っていない気がしたが、許可は貰えたらしい。いや、誤解や行き違いのないようもっと話し合った方がいい。でも今はとりあえず招かれよう。

「ありがとうございます。では……お邪魔します」

僕は足を踏み出した。

二

男性は羽山誠太郎《はやませいたろう》と名乗った。年齢は三十七歳。思っていたより若かった。屋敷は彼の持ち家だという。荒れ放題になっていたのを格安で購入したらしいが、経緯を訊ねても要領を得ない。これは帰るまでの間に少しずつ聞いておこう。

最初に案内されたのは庭だった。

「これは……見事ですね」

穏当なだけで無内容だ。そう思ったけれど、他に言葉が出なかった。

広大な庭は、たくさんの人形でごった返していた。少なく見積もっても五十体以上あるだろう。門で見たのと同じペットボトル製もあれば、クッションを縫い合わせて作ったものもある。小さいものでも一メートル近くあり、大きいものは二メートルを超える。端の方で段ボール製の人形が数体、ぼろぼろに朽ちて横たわっていた。

「全部自分でお作りになったんですか」

「うん」

「お一人で？」

「うん」

「あ、木でできたのもあるんですね」

「そうそう」

羽山さんはすぐ側の木製の人形を一瞥すると、

「丸太をね、チェーンソーで切って、削って、接ぐの」

当たり前のように言った。

「名前とかは付いてるんですか」

「うん」

「じゃあ、この人形は……」

「分からない」

「え？」

「あると思うよ。でも知らないし、教えてくれるわけないし」

「自分で付ける、という風には」

「なんで？　元々あるのに？」

羽山さんは不思議そうに僕を覗き込んだ。

どういう理屈なのだろう。人形を人間だと思っている節があるが、対話ができないことは理解している。僕は平静を装って「でしたね、すみません」と詫びた。

羽山さんは首を捻りながら、「そう……これはね、脚立《きゃたつ》でできてるの」と、中央のオブジェを指した。

赤と黄色に塗った脚立を幾つも組んだ、塔のようなオブジェだった。見ようによっては柳の木のようでも、クリスマスツリーのようでもある。オブジェからは幾つもロープが地面に渡してあり、釘のようなもので地面に固定してある。たしかあの手の釘はペグと呼ぶのだったか。

オブジェには市販の幟が幾つも差してあった。てっぺんには星の飾りが付いている。外から見えていたのはこれだったのだ。

「これは何ですか?」

「さあ」

彼は曖昧な表情で言った。

「……どういう気持ちで、作られたんですか?」

質問を変えると、彼はオブジェを見上げた。「大安売り」「ラーメン」「タイヤ大売り出し」……幟は彩色されておらず、威勢のいい文字が春の風に揺れている。

「何でだろう」

羽山さんはそう言うと、長い髪を掻き毟《むし》った。ばりばり、がりがりと音を立てる。口をへの字に結び、目を固く閉じている。ぐるぐるとオブジェの周りを歩き出す。

「何でだ。何でだ。どうして……」

まずいことを訊いてしまったらしい。変なスイッチを押してしまったらしい。

こうした家の主に偏見を抱いてはいけない、予断を持ってはいけないと思っていたが、やはり普通とは異なっているのだ。


「いろいろな人がいます」

僕にこの仕事を振ってくれた時の、八坂さんの言葉を思い出していた。夕暮れの事務所。椅子に身体を預けながら、彼は僕を鋭い目で見た。

「身構える気持ちは分からなくもありません。アウトサイダー・アート、と括ってしまうのは乱暴ですが、こうしたものを作る方には何気ない会話にすら強いストレスを感じる方や極端に気難しい方も確実にいます。世捨て人、仙人のような方も」

「ええ」

「ですが、取材対象を効率――やりやすさで選ぶのは怠慢でしかない。所謂ＩＴ系がコンテンツ事業に参加するとやりがちな誤りです。元出版社の人間として、うちは非効率であれ誠実なジャーナリズムをもって運営していきたい」

「そう……ですね」

「堅苦しい、とお思いですね？　たかがウェブマガジンのおもしろ記事で何がジャーナリズムだと」

「まさか」

笑顔でそう返したが、半分は図星だった。たかが以下は微塵《みじん》も思っていなかったけれど、理屈っぽい話だな、『アウターQ』に似つかわしくないな、とは確実に思っていた。

「もちろん」八坂さんは再び口を開いた。「こうした物件を取材する意義は、大衆的で単純なものですよ。珍奇なものを見たい、それも日常のすぐ側にありながら、自分で触れるのは抵抗があるものを。要するに読者の下世話な覗き見趣味を満たすためです。受けてもらえますね？」

「ええ」

僕はうなずいた。頑張ろうと思った。しかし。


「うーん……」

羽山さんは頭を掻きながら屋敷の方へ歩き出した。何度か呼びかけたが耳に入っていないらしく、振り向くことさえしない。どうしよう、追い縋ろうか。迷っているうちに彼は視界から消えてしまった。

僕は庭に一人残された。

途端に猛烈な不安に襲われる。

直ぐ上には青空がある。庭は広い。僕の部屋がいくつ収まるか、すぐには分からないほどだ。なのにこの閉塞感はどうしたことだろう。

答えはすぐに出た。

ここは羽山さんの頭の中だ。

本人にも理解できない、いち個人の妄想の世界だ。

僕は赤の他人の脳内に閉じ込められてしまったのだ。

呼吸が乱れていた。雑草が生え放題の地面の隆起が、やけに不安定に感じられる。ここに来るまでの経緯を忘れているような気がして、意識して思い浮かべる。ここは現実だ。自分はまともだ。とりあえず羽山さんを探そう、それから取材らしい取材を——

ゴトン、と屋敷の方で大きな音がして、僕は飛び上がった。

足音が近付いて来る。羽山さんの姿が見える。よかった、これで永久にここに幽閉されることはない、と安堵した直後、僕は息を呑んだ。

羽山さんはチェーンソーを持っていた。オレンジ色のボディがやけに眩しい。最近のものはかなり小型化が進んでいると聞いたことがあったが、彼の手にしているものは異様に大きかった。刃渡り一メートル以上あるのではないか。

彼はまっすぐ歩きながら、紐《ひも》のようなものを引いた。バルルルル、と大きな音を立てて、大きな刃が震え出す。髪をなびかせてこちらにやって来る。服にも腕にも、さっきまではなかった土埃が付いている。

その顔は完全な無表情だった。

「げっ」

と、声に出したつもりだったが、実際は「ふへ」とも「あひゅ」ともつかない妙な音が漏れただけだった。足が竦み、視線を彼から逸らせない。首から下がやけに遠く感じられる。

バルルルルという音が近付いて来る。

後悔が押し寄せた。小学生の頃の記憶が甦る。続いて中学、高校。そして歩道橋の事故。隣のベッドの井出さん。

これは走馬灯だ。僕は死ぬのだ。チェーンソーで切り刻まれて、この庭を飾る人形かオブジェの素材になるのだ——

僕は目を閉じた。

轟音《ごうおん》がすぐ近くに迫り、さらに迫り、そして側を通り過ぎた。

段々と遠ざかっていく。

「……あれ？」

僕は薄目を開け、おそるおそる振り返った。

羽山さんは隅の方に転がっていた大きな丸太を跨《また》ぐように立つと、チェーンソーを振り下ろした。大量の木屑《きくず》を散らしながら、あっという間にバラバラにする。

呆然と見ていると、彼はこちらに気付いた。チェーンソーのエンジンを止める。

「……ね」

「え、え？」

何とか訊き返すと、彼は足元を指して言った。

「木の人形、作るね」

再びエンジンを掛けて、今度は表面を削り始めた。

安心した途端に力が抜け、僕はその場に尻餅をついた。

三

一時間ほどかけて、羽山さんは一体の木製人形を作り上げた。素人目にもかなりの早業だと思う。僕はその過程と出来上がりをスマホで撮影した。写真はもちろん動画でも。

女の子、だろうか。ペンキで表現された髪は長く、睫毛が強調されている。ピンクのタンクトップと紺色のハーフパンツも、女の子らしいといえばらしい。

「凄いですね」

僕は率直に言った。出来そのものより、羽山さんのスピードと集中力と情熱に圧倒されていた。制作を再開してから彼は一度も休まず、こちらに視線を向けることすらしなかった。

「まああ、かな」

彼は無表情で言った。

撮影が終わると彼は僕を屋敷内に案内した。中に入るなり僕は「わあ」と声を上げてしまった。

壁という壁、柱という柱、天井という天井、襖《ふすま》という襖に、無数の笑顔がびっしり描かれていた。所謂ニコちゃんマークの線を極太に、目を「∩」にしたもの、と説明するのが一番分かりやすいだろうか。小さいものは直径二センチ、大きいものは六十から七十センチ。色は黄色だけでなくピンク、オレンジ、水色もある。パステル調でまとめられているせいか、奇妙ではあるが不思議と威圧感や不気味さはない。トライポフォビア——粒々の集合が苦手な人には辛いかもしれないけれど。

「これは……」

訊いた瞬間に後悔したが、彼は「笑ってる顔が好きだからね」と、今度は即座に答えてくれた。人が笑いかけてくれるとホッとする、だから描いているのだと。

中は思ったより片付いていて、ゴミ屋敷を想像していた僕は大いに反省した。細かいことを言えばきりがないが、男性の独り住まいであれば普通の範囲内だと感じた。

「ひょっとして外の足場って、クローゼット代わりですか?」

「うん。中だと散らかるしね。もちろんショウケースの意味もある」

「足場はどうされたんですか」

「自分で組んだよ」

「そういうお仕事をされてたんですか。さっきのチェーンソーもお上手でしたけど」

「多分ね」

「多分？」

羽山さんは僕を見つめたまま黙っていたが、やがて申し訳なさそうに言った。

「よく覚えてないいんだ」

「……すみません」

「ううん。俺の方こそごめん」

一人称は「俺」なのか。この人は一体何者なんだろう。悪い人ではなさそうだが、どういう流れでここでこんなことをすることになったのだろう。記事はその辺りを軸にしたいところだが——などと考えていると、彼は僕を手招きした。

台所、洗面所、風呂、トイレ。水回りにも笑顔が描かれていたが、こちらは直径一センチと細かく、渦巻きや波、泡の絵に紛れていた。どこも清潔で、正直なところ自分のダメさ加減を呪うほどだった。

「ここでの暮らしは何年くらいですか」

「……八年、かな」

「こういうアートを始められたのは？」

「人形だとか、壁の絵だとかです」

「アート？」

「うーん、六年くらい」

階段の踏み板の左右に、奇妙なオブジェが置かれていた。潰した空き缶を積み重ね、出鱈目に色を塗っているらしい。こんな形のサンゴがいたような気がする、と曖昧な感想を抱きながら、僕は彼に続いて階段を上った。

二階も無数の笑顔が描かれていたが、一階よりずっと雑然としていた。ペンキ缶や刷毛《はけ》があちこちに置かれている。ペットボトルや段ボール箱が積まれた部屋もある。何も描かれていない壁、既に顔が描かれているのを白く塗り潰してある壁を目にして、理由が分かった。まだ制作中なのだ。そして。

「ってことは、一階もこうやって塗り重ねていったんですか？」

「うん。あっちは完成」

「何で重ねるんですか？　描き直し？」

「うん。なんか違うから。基本全部ダメ」

「どれくらい直すものですか？　例えば一階だと」

「一番ピタッと決まったやつで三回。一番奥の部屋の、右の手前の襖」

「その襖一枚だけ？」

「の、表側。廊下から見て表ね。他のは——十回までは数えたよ」

「うわあ」

僕は思わず声を上げた。

庭に取り残された時に抱いた感慨が甦っていた。ポップで可愛らしいのは文字通り表面だけで、その裏には何層何十層ものペンキと執念が隠れていたのだ。目の前でぼんやりとしている羽山さんが、階下を「完成」させるまでに要した労力を思うと、気が遠くなるほどだ。

僕が廊下で呆然としていると、羽山さんは板張りの床にビニールシートを敷き始めた。脚立をセットし、ペンキ缶と刷毛を手に軽やかに登る。そのまま溜めも準備も何もなく、彼は天井の青い笑顔を、ピンクのペンキで塗り潰し始めた。

先の木の人形と同じ流れだ。僕に見せてくれているのだ。

お礼の言葉をかけたが、彼は無言で天井を塗っていた。生乾きのところに黒いペンキで、輪郭と目と口を描いていく。髪に隠れていた顔がはっきりと見えた。額は広く鼻は高く、目は落ち窪《くぼ》んでいる。

僕は彼に導かれるように、その様を撮った。四十九の笑顔を描いたところで、羽山さんは手を止め、脚立から降りた。

「その数って何か意味があるんですか」

「何が？」

「ごめんなさい、大丈夫です」

僕が詫びると、彼は不思議そうに頬の汗を腕で拭った。ずっと天井を向いて描いていたせいだろう。Tシャツは汗だくで、手と顔と髪はペンキまみれだった。

「ちょっと待ってて、下で着替える」

「あっ、じゃあその格好を一枚だけ」

「いいの？　汚れてるよ」

「だからこそ撮るんです」

写真を撮ると、彼は照れ笑いを浮かべて階段を下りて行った。

羽山さんが立てる物音を足元に聞きながら、僕は二階を歩き回った。彼に案内してもらった部屋だけを選び、撮影し損ねたものを撮っていく。

撮りながらご近所の証言を思い出す。穏やかでいい人。人嫌いで怖い人。大きく分けてこの二つだ。僕の印象では羽山さんは完全に前者で、後者は片鱗《へんりん》すら見られない。今日は機嫌のいい日なのだろうか。それを「不安定」と表現しそうになるのは、自分に偏見があるせいだろう。

戻ってきた彼は着替えていた。すぐ「こっち」と手招きして、廊下に消える。案内されたのは十畳の座敷だった。位置関係はおそらく玄関の反対側。奥の部屋、それか裏の部屋と言えばいいだろうか。壁の一角だけ空白だが、後は全て極彩色の笑顔で埋め尽くされている。

隅に大きな古い冷蔵庫と、シリコン製の大きなカゴが二つあった。中に入っているのは大量の菓子だった。スナックと煎餅《せんべい》と甘納豆。場違いといえば場違いで目を引いた。

もう一つ目を引いたのは掛け軸だった。真っ黒な縦長の紙。余白を埋め尽くすように、赤い輪郭でマッチ棒のような人間がびっしり規則的に描かれている。これは僕でも制作方法が分かった。幼稚園で教わったことがある。紙を赤い色鉛筆で塗り潰し、更に黒いクレヨンで塗り潰す。黒いクレヨンを爪楊枝《つまようじ》で削れば、そこだけ下の赤が現れる寸法だ。売り物とは思えないから、おそらくは——

「これも羽山さんの作ですか？」

「うん」

障子の前で彼は答えた。僕は正直な感想を伝える。

「他とは雰囲気が違いますね。単に黒いせいだけじゃなくて、何というか……ダークな感じがします」

「ああ」

彼はゆっくりと僕に歩み寄って、

「気が付いたら描けてた。最初に描いたやつなんだ」

「ここで、ですか？」

「ううん。……で」

「え？」

「ごめんね声小さくて。病院で、って言ったの」

病院。返す言葉を思い付けずにいると、

「俺、死のうとしたらしいんだよね。それも何度か」

羽山さんは両手を差し出した。どちらの手首にもリストカットの痕《あと》があった。

「ここも」

髪を両手で束ねる。赤い痣《あざ》がぐるりと首を取り囲んでいた。

「理由は全然思い出せないけど」

「そう……なんですね」

「で、リハビリで描いたのがこれ。何で描いたのかは分からない」

羽山さんは遠くを見て、

「親が死んで遺産が入って、家を売ってここを買って……手続きは親切な人に頼んだけど。そんで描いたり、作ったりしてる。ケチケチしてたら何とか生きていける。思い出さないけど、それでいい気もする」

そうですね、と同意したい気持ちはあった。思い出したら再び自殺を試みてしまう、そんな気がした。だが、実際に言葉にするにはあまりに重かった。

立ち尽くしていると、羽山さんが言った。

「さっきね、あなた、訊いたでしょ。何で作るのって」

「あ、はい」

「自分が楽しいのはもちろんあるけど、見て欲しいのもある」

「……だから門のところに『ようこそ』って」

「うん、でもイッチャン見て欲しいのはここ」

羽山さんは障子を開け放った。

縁側の向こう、ガラス戸を隔てた先に、更に広大な縁側があった。

二階なのでバルコニーと呼んだ方が間違いがないのは分かるが、そう表現したくなる板張りのスペースが広がっていた。木の柵があるせいか、京都の鴨川《かもがわ》納涼床も頭に浮かぶ。あちらはたしか畳が敷いてあったはずだけれど。この部屋と同じか、それ以上に広い。

青い空と小さな山が見えた。屋敷のすぐ後ろは山だったらしい。羽山さんがガラス戸を開け、板張りに降り立った。僕も後に続く。頑丈に作られているらしく、二人乗ったくらいでは軋《きし》みもしなかった。

「ここは……」

「見て」

羽山さんは柵を摑んで、山を指差した。僕は思わず彼のすぐ側まで駆け寄った。

滝だった。

木々の隙間、切り立った岩肌を滝が流れ落ちていた。白い竜が短い腕を広げているようにも見える。水が岩を打つ音が、かすかに耳に届く。滝のすぐ側で紫色の花を咲かせている木々は、木蓮《もくれん》だろう。小さな黄色い花、白い花も見える。

絶景だった。派手さはないけれど風情《ふぜい》がある。絶妙なバランスで美しさが成り立っている。東京の外れ、かなりの田舎ではあったけれど、まさかこんなところでこんな景色が見られるとは。

「苦労したよ、この角度から見えるようにするの」

羽山さんが喋っていたが、僕は答えられなかった。写真を撮るのも忘れて、無言で滝を見つめていた。

物音に気付いて振り返ると、羽山さんが縁側から出てくるところだった。いつの間にか中に戻り、また出てきたらしい。小脇にビニールシートを抱え、手にスナックの袋と酎ハイの缶を持っている。冷蔵庫とカゴの意味が一瞬で腑に落ちた。

「ゆっくり見ていってよ」

羽山さんは言った。シートを敷いて、缶と袋を置く。僕は手伝うことも忘れて彼を見つめ、再び滝を見た。

「このバルコニーっていうか、川床というか……」

「展望台って呼んでる」

「絶景ですね。天国みたいです」

「嬉しいよ、完成してから最初のお客様」

「え、じゃあ今まで見に来てくれた人って」

「いないよ。人形もあんなに作ってるのに、誰も来てくれない」

彼は寂しそうに笑った。会話はできる。穏やかで優しくて温かい。でも何かが決定的にズレている。

頭の中で今に至るまでのことが組み立てられ、整理されていった。

「……お客さん、呼びましょう」

「うん？」

「みんなに見てもらいましょう。羽山さんの作品も、この映《ば》える景色も」

僕ははっきりと言った。羽山さんは嬉しそうに、酎ハイの缶を差し出した。

四

【本文（続き）】

久美沢駅から徒歩二十分。体感的には一時間くらいのところに、目指す屋敷はあった。まずはこの塀をご覧いただきたく。

どうですか、この凄まじい圧。ほっこりした優しい造形と色使いが、逆にありえないほどの存在感を放っています。そしてお気付きの通り、こちらの像、磨崖仏の要領で作ってあるんです。ペイントしたり粘土捏《こ》ねたりするより絶対手間なのに、す、すげえ。ここ、すぐ裏には小さい山があるんですけど、これ伏線なんでよく覚えておいてくださいね！

そしてこちらが門。十体もの門番たちに守られており、これは立ち入り禁止ってことかなーと思ったら、あっ、よく見ると看板に「ようこそ」って書いてある！　呼び鈴もある！　よし、ここは勇気を出して……。

待つこと数分、現れたのがこちらのお方、羽山誠太郎さん。

「……か」

「え？　何ですか」

「お客さん、ですか」

あれ、声がやけに小さいぞ。

「すみません、ライターをやっている湾沢と申します。こちらのお宅がとても不思議なので、是非取材させていただきたいと思いまして」

「……か」

「え？」

「取材は、人に、見てもらえるんですか」

「え、ええ。そんなに有名じゃないですけど、最近はどの記事のＰＶも増えてますし」

「じゃあ、来てくれるんだね」

「え？」

「いいよ」

よ、よかったー！　何だか分かりませんが取材許可をいただけました。先のセリフでなんとなくの緊張感は伝わったでしょうか。とにかく突入します。

まず最初に案内されたのはこちら、庭です。如何でしょうか。この人形のお祭り感。フェス感、人形の不思議議展感！

「全部自分でお作りになったんですか」

「うん」

「お一人で？」

「うん」

「あ、木でできたのもあるんですね」

「そうそう。丸太をね、チェーンソーで切って、削って、接ぐの」

羽山さんはそう言うと、どこかへ行ってしまった。やがて戻ってきた彼の手には物々しいチェーンソーが！

「木の人形、作るね」

ヴィン
羽山さんは黙々と木製バージョンの人形制作を実践してくださったのでした。あ、ありがてえ（腰を抜かしながら）……。

制作を終えた羽山さん、休む気配すら見せず、「中にどうぞ」と歩き出した……

（中略）

……この美しい景色を多くの人に見せたい。羽山さんの思いはとても純粋で優しいものでした。ですが、そのための手段が少しばかり突飛でした。そのため彼は、ずっとこの家で独り絵を描き続け、人形を作り続けたのです。

「やっぱり俺のやり方、変だったのかな」

そんなことありません。

ボクの拙《つたな》い写真と文章でも、理解してくれる人は大勢いるはずです。

でもこれをご覧の皆さん。正直、ボクの腕では、展望台から見えるあの景色の素晴らしさは微塵も伝えられません。どうぞこの天国屋敷に足を運んでみてください。日のある時間なら大歓迎だそうです。

「あ、でも月水は疲れて一日中寝てるから、できたらそれ以外がいいな」

やはり一筋縄ではいかない羽山さんですが、皆さんよろしくお願いします！

【天国屋敷　住所・連絡先】

東京都青梅市久美沢町×－×－×　羽山誠太郎
03－××××－××××
※訪問、連絡いずれも一個人の自宅であることをご理解のうえお願いします。
【あとがき】

正直、こうした家の主に偏見が一切なかったといえば嘘になります。近所の変な人と同じフォルダに入れていたと言いますか。もっと言えばあちらとこちらで線を引いていたと言いますか。でも、羽山さんにお会いしてそんな意識は全て吹っ飛びました。ボクを成長させてくれた羽山さんに、改めてお礼を言いたいです。本当にありがとうございました。

（取材・文／湾沢陸男）

【写真あとがきキャプ】
●夕暮れ時の展望台も最高！　もう帰りたくない！

※　※

担当のウズマキさんにメールを送ったところ、一週間後の夕方に電話がかかって来た。急用で動けなかったという。ひとしきり詫びてから、彼女は「記事の主旨と構成には全く問題はないですが、表現に気になるところがあります」と指摘した。

「どこですか？」

「本文冒頭、忙しいアピールは割愛してください。反感を買いやすいので。こちらで直していいならそうしますが」

「あー、それじゃそちらでお願いできますか」

「あとは写真の差し替えを。写真09と11、14、15、それからあとがきのカコミの写真も。前三者はピンボケです、後二者は自撮りである必要がありません」

「そんなに？　今までそんな差し替えってありました？」

「ありません。少しお疲れなのではないかと」

「ええ、まあそれはハイ、とても」

「あまり無理をなさらないように。できれば本日中にお送りいただければ」

「そんな……いえ、すみません。送ります」

電話を切った僕は眠い目を擦って、差し替え画像を探した。ピンボケ写真を選んでしまったのは完全なミスだが、自撮りはセンスの問題ではないか、好みを押し付けないでもらいたい、と心の中でぼやきながら。

記事は翌日にアップされたらしいが、僕が閲覧したのはそれから三日後のことだった。〆切がいくつも重なって眠るのはもちろん、原稿から顔を上げる手間すら惜しかった。

記事はほどなくして、多くの人の目に触れることになった。

アウトサイダー・アート専門の著名なキュレーターが「俺も知らなかった！」とＳＮＳで紹介してくれたのをきっかけにバズったのだ。「ネットメディアにありがちなレベルの低いイジリや薄っぺらなツッコミもなければ、過剰に持ち上げる逆差別もない。非常にフラットな視線が秀逸」と彼が賞賛してくれたのも、注目に拍車をかけたらしい。

包み隠さず記事にしたのがよかったのだろう。当初は意思疎通に若干戸惑ったこと、警戒していたこと。ペンキまみれで反り返り、天井画を描く彼の写真も載せた。

羽山さんに自殺未遂の経験があること。それ以前の記憶を失っていること、懐事情も書いた。どれも単なる事実として、扇情的にならないように。もちろん羽山さん本人にも、事前に記事を郵送してチェックしてもらったけれど、「いいね。楽しみ」と何の注文もなかった。

その羽山さんから電話があったのは、記事公開から十日が経った日の晩だった。

「……たよ」

「何です？」

「お客さん、来てくれた」

興奮しているのに小声は変わらないんだな、と思いながらも、僕は台所で飛び上がった。

「やった！　やりましたね！　どうでした？」

「写真、いっぱい撮ってくれたよ。バエル？　って言ってた。差し入れもくれた。次のお客さんと俺にって、お菓子とジュースと」

「うんうん、いい流れですよ」

「だね」

羽山さんは本当に嬉しそうだった。

その後も週に一度か二度、彼から連絡があった。平日でも二、三組、休日なら五、六組は客が訪れるという。展望台から滝を見たいという人はもちろん、羽山さんの作品を見たがる人もいるらしい。「嬉しいけど意味が分からない」と彼は困惑しきりだった。取材した時の発言で何となく分かったが、自分の作ったモノを作品だと微塵も思っていないのだ。ましてやアートだと見なしてもいない。ただ自分と人を楽しませるため、そして展望台に導くために作っただけで。

記事にしてよかった。広めてよかった。僕は充実感を覚えながら日々を過ごした。

練馬ねりから電話があったのは、記事が公開されてから二月近く経った頃だった。

「最近ライブ来てくれないっすね」

「ごめんね、テレビ出てからバタバタで」

「ふーん」練馬はつまらなそうに言ったが、すぐに、「あ、記事読みましたよ。天国屋敷の。あれ、わたしの周りでも結構話題になってて」

「ありがとう」

ノートパソコンに表示された書きかけの原稿を眺めながら、僕は答えた。頭の中で次の文章を考えていると、

「行ってみていいすかね」

「もちろん。僕の許可なんか要らないよ」

「陸男兄さんも来ませんか」

「うーん、しばらく詰まっててさ、当分は自由な時間が作れそうにない」

少しの間があって、

「来月でもですか」

「うん。ごめんね」

僕はキーを叩きながら言った。ややあって、大きな溜息がスマホの向こうから聞こえた。

「じゃ、アイドルの先輩たちと行ってきます」

「うん。そうしなよ。気の合うみんなと行った方が絶対楽しい」

「景色とアートに癒やしてもらいます」

「差し入れ、持って行ってあげてね。気持ちでいいから」

「はいはい。じゃ」

いきなり通話が切れた。どうしたことだろう。虫の居所でも悪かったのだろうか。僕は首を傾げたけれど、すぐに仕事を再開した。羽山邸――天国屋敷を再訪したい気持ちはないで

はなかったが、今は目の前に山積みになった仕事のことで精一杯だった。

ちょうど一週間後の、午後五時。

僕は都心のシェアオフィスにいた。井出さんの記事「シェアオフィスの人々が適当に持ってきた食材でおかんは夕食を作れるか」を手伝うためだ。彼は二年前からこのオフィスを使っていた。「おかん」というのは彼のご母堂のことではなく、オフィス最年長のメンバーである女性デザイナー、岡《おか》さんの愛称だった。実際に二児の母であり、オフィスでたまに料理の腕を振るうので、今回の企画に抜擢されたという。僕はアシスタント兼試食係だった。

キャベツ一玉と高級鯖《さば》缶とタマネギとレモンで見事な蒸し料理を作った直後、岡さんはトイレに立った。次の料理の準備をしている僕に、井出さんが声をかけてきた。

「天国屋敷、いい記事だね」

「ありがとうございます」

フレームで高い位置に据えられた小型ビデオカメラを、井出さんは手を伸ばして停止する。とあるSNSアカウントから始まった、調理の過程を真上から撮影する手法は、今やすっかりお料理動画のフォーマットになっている。

「お客さん、来てるんだっけ？」

「みたいですよ。羽山さん——家主の方もそう言ってました」

「いいね、最高じゃん」

目尻にシワを寄せて井出さんは笑った。そんなに喜んでくれるなんて、と僕は嬉しいと同時に照れ臭くなった。

「あの記事って一人で全部アレしたんだっけ？」

「ええ、ネタだけは八坂さんから貰いましたけど」

「そっか。いやあ、懐かしいなあ。最初の頃、よく二人でアレしたよね。俺がコレやったり、コレやったりして」

まず写真を撮る真似をし、次いで車のハンドルを回す仕草をする。そうだ、最初は写真撮影も、車の運転も井出さんにしてもらっていた。そんな駆け出しの頃の話を急にされても困る。

「止めてくださいよ。今は一人でやれます」

「もう立派なアレだもんね」

「ええ。それもこれも井出さんが――」

尻ポケットのスマホが震えた。引っ張り出して液晶画面を確認すると、ウズマキさんからの電話だった。

「もしもし」

「テレビ見てない？」

「え？」

「見たの？　見てないの？　ネットニュースは？」

「いえ……いま井出さんと撮影中なので、何も」

「天国屋敷が倒壊したの」

ウズマキさんは上ずった声で言った。

心臓が縮み上がった。平衡感覚が崩れ、テーブルに手を突く。

「あなたの記事で言うと展望台、二階のバルコニーね。三十人近い人が乗って、底が抜けたか足場が折れたかしたらしいの」

怪訝な顔をする井出さんに、「ニュースを見て」と囁き声で伝える。まともな声が出せないほど僕は狼狽えていた。

スマホを何度か指で撫でた後、井出さんは目を見張った。顔から表情が完全に消える。マネキンか死体のような不気味さを漂わせる。驚くとこんな顔になるのか。そんな呑気なことを頭の隅で勝手に考えている。

「それがね、ニュースによると怪我した人の中に、アイドルの子が何人かいるらしいの。えと、『ぱ☆GO！陀』の輪廻ちゃん？　って子と、元メンバーのあの子。ほら、あのストーカーに殺されそうになって逆に殺しちゃったけど、正当防衛で無罪になった……」

「篠原亞叉梨？」

「そう。あと地下アイドルの子が一人。みんな重傷だって」

「う……」

嘘だ、と言おうと思ったが声が出なかった。気付けば胸を押さえ、爪を立てていた。凄まじい動悸のせいで吐き気が込み上げる。

ウズマキさんが何か言っていたが、もう聞こえなかった。井出さんが僕の名を呼んでいる。戻ってきた岡さんが不思議そうにしている。それら全てを遥か遠くに感じながら、僕はその場に膝を突いた。

涙する地獄屋敷

一

【タイトル】

アート屋敷崩落　人気ライター記事で客殺到

【リード】

ネットを中心に話題を呼び、「インスタ映えする」「家主制作のアートが可愛い」と、多くの人が訪れる都内の家屋で十五日、バルコニーが崩落。その場にいた訪問客二十七人が重軽傷を負った。警察によると崩落の原因は調査中とのことだが、家主自らが増築したバルコニーの設計にあるという指摘も。また、そうした問題を考慮せず安易に記事にした人気ライターにも批判の声が上がっている。

【写真01キャプション】

事故のあった屋敷の門は現在固く閉ざされている

【写真02キャプション】

塀の像には事故後のものと思われる多数の落書き
【写真03キャプション】
インターホンを鳴らしても応答はなかった
【本文】
「湾沢ですか？　売れてるからって調子に乗ってましたよ。ここ最近の原稿はどれも誤字脱字が酷くて、内容はお粗末。手を抜いてるのは明らかでしたね」
出版関係者の一人は、件のライター、湾沢陸男をこう評する。脚光を浴びたことで天狗になり、仕事の本分を見失う人間はどこにでもいるが、彼もまたそのうちの一人だったのだろうか。
「駆け出しの頃は腰も低く、仕事も真面目だったのですが、やはりテレビ番組に出てタケコ・インターナショナルに気に入られたのが転換点だったのでしょう。原稿料を上乗せしろ、と取引先の媒体の編集長に食ってかかったこともあったとか。いつか手痛いしっぺ返しを食らうのではないか、と危惧《きぐ》していたのですが……」(同出版関係者)
今回の事件は起こるべくして起こった、ということか。一人の人間の増長で、天国屋敷は阿鼻《あび》叫喚《きょうかん》の地獄屋敷に変わったのだ。
…………

※　※

事故の報道は、程なくして僕の不手際を糾弾するものへと変わって行った。知らない誰かがあちこちの雑誌で、ネットニュースで、身に覚えのない僕の悪行の数々を証言していた。羽山さんが扱いにくいタイプの人間だから、代わりに何処《どこ》の馬の骨とも分からないライターを槍玉に挙げておこう――という、マスメディア各社の計算も働いているのかもしれない。いや、きっとそうだ。僕はメディアの都合で「落とし所」にされただけだ。

そんな風に責任転嫁しないと、気が変になってしまいそうだった。

どうしてあの展望台が、羽山さんの自作だと思い至らなかったのだろう。思い起こせばそう結論せざるを得ない発言を、彼はいくつもしていたのに。いや、仮に結論したとしても、きっと大丈夫だろうと勝手に決めていたかもしれない。「多分」かつて足場を組むような仕事をしていたそうだから、心得があるに違いない、きっと何人乗っても大丈夫だ、彼の発言を信じよう、と無責任な理屈を捻り出して。

たくさんの人が怪我をした。カップルも友達連れも、親子連れもご老人も。練馬ねりも、彼女の友達のアイドルたちも。羽山さんは軽傷ですぐ退院したそうだが屋敷に閉じこもり、警察以外とは一切の接触を絶っているらしい。

書籍化の話は中止になった。数社から取引を終了すると連絡があった。「編集部の体制が変わったから」という理由がほとんどで、「君は使いづらい」と担当者が正直に言ったのは一社だけだった。継続してくれるところも名義の変更を――いや、僕の仕事のことなど今はどうでもいい。SNSアカウントにも仕事で開設したブログにも、抗議という名目の誹謗中傷が届いているが、それにもいちいち傷付いていられない。『アウターQ』が記事の公開を中止しても騒ぎは一向に収まらないが、それもどうでもいい。

僕は大勢の人を傷付けた。誰も死なないでほしい。一日も早く治ってほしい。そのためにできることは何でもする。そうだ、とりあえず謝罪文をSNSにアップして、『アウターQ』のトップにも転載してもらおう。そして――

「今はアレする段階じゃないよ」

僕の家に来た井出さんに相談すると、きっぱりそう返された。心配で見に来たという。テーブルの向かいに腰を下ろした井出さんは、穏やかな表情で言った。

「非があると認めちゃ駄目でしょ。リクくん個人ならまだしも、編集部にまで責任をアレしてることになる」

「で、でも実際に僕は安全確認を」

「家の記事で安全確認なんて、基本しないよ。記事の写真をアレした限りだと、あのバルコニー、見た目も普通っぽかったよね。家主がアレだからって警戒できたか、危機を回避できたか、そこはかなりアレだよ」

「そう……ですね」

僕はほんの少しだけ楽になった。井出さんの言っていることは、少なくとも理屈としては正しい。

テーブルのスマホに目を向け、事故から四日経っていることに気付いた。午後六時を回っている。実感がまるでない。時間の感覚がほとんどなく、井出さんが何分前に来たのかも曖昧だ。

「……編集部はどうなってますか」

「サイトのトップにコメントをアレしたよ。被害者の無事をアレして、原因究明をアレして、事実無根の報道はどうかアレしてくださいみたいな、こういう時のお手本みたいな文章。でも苦情は死ぬほど来てるみたいだね。ウズマキさんが零してた」

井出さんの暗い表情を見て、僕は項垂《うなだ》れた。周りに、お世話になっている人たちに迷惑をかけている。駄目だ。僕は駄目で最低だ。

「リクくん、ご飯食べてる？」

「いえ」

「だろうね。でも食べないとお詫びもできないよ」

「そうですけど」

「だからどうぞ……って、ごめん。そもそも渡してなかったわ」

井出さんは苦笑すると、傍らの紙袋から弁当箱を引っ張り出した。透明な蓋越しに見える豪華なおかずと、紙袋の柄から察するに、デパ地下で買ったものらしい。

「差し入れ。これで体力と気力をアレしなよ。それで頭使って誠意でもって、謝るべき人に謝ろう。それが一番アレにアレってもんだよ」

井出さんは言った。最後は何のことか全然分からなかったが、励ましてくれているのは間違いない。僕は小さく頷いて、弁当箱を掴んだ。

二

〈発表が遅くなり申し訳ありません。被害に遭われた方の一日も早い回復をお祈り申し上げます。今回のことを真摯《しんし》に受け止め、誠実に対応して参ります〉

食後、ＳＮＳとブログで同じコメントを出した。井出さんにもその場でチェックしてもらった。一人ですべきことなのは分かっていたけれど、不用意なことを書いて新たな火種を投入するのは避けたかった。

三日後。午後一時。僕は井出さんと一緒に『アウターＱ』編集部に足を運んだ。道中ずっと視線が気になり息苦しく、動悸も激しかったが何とか耐えることができた。井出さんが付いていてくれたおかげだろう。パニック障害、という言葉が脳裏を何度もよぎったが、考えないようにした。

八坂編集長には開口一番にお詫びし、次いで取材で見聞きしたありのままを、包み隠さず話した。ウズマキさんは隣の机で苛立たしげにパソコンのキーを叩いていた。

僕の話が終わると、八坂さんは椅子にもたれ、目を閉じた。表情が険しすぎて見ているだけで冷や汗が出る。でも、どんな罵倒も覚悟しなければならない。取引終了は当然のことだ。

「……話を聞く限り、倒壊を予測するのは極めて困難のようですね」

八坂さんは目を開けた。井出さんが小さな溜息を吐く。安堵してくれているのか。

「いや、でもやっぱりケジメは」

「ケジメというなら私が先に付けるべきでしょう。あの屋敷を取材するよう依頼したのは私ですし、記事の最終チェックをしてOKを出したのも私ですから。でも、その前に原因の究明を」

彼はデスクのタブレットを手にすると、

「情報源は読者からのメールです。今なら分かりますが、この投書には妙なところがある」

画面をこちらに向けた。表示されているのはメールだった。「いつも楽しく拝読していま す」「先日の超脇役コスプレ大会の記事は大笑いしました」といった、有り難い言葉が並んでいる。そして最後に「こんな物件があるので見てきてほしい。縁があって撮らせてもらった写真を送ります。住所は青梅市の……」と簡潔に依頼文が書かれている。

依頼文の末尾は「好きなライターの湾沢陸男さんに、是非とも取材していただきたいです。どうぞよろしくお願いします」で締められていた。

添付ファイルは塀と門、そして屋敷の中を写した、計三点の画像だった。一枚目には磨崖人形が、二枚目にはペットボトルの像が並んでいる。三枚目は一階を撮ったもので、手前から奥に、真っ直ぐ廊下が延びていた。一点透視法、というのだろうか。壁と天井と襖を埋め尽くす無数の明るい笑顔が、今は悲しく寂しげに見えた。

「取材時の驚きも大事だろうと、この内観を湾沢くんには見せなかった。私のミスです」

八坂さんは苦々しげに言った。どういうことだろう、何が妙で何がミスなのだろう。考えようとした瞬間、僕は気付いた。

「内観……中の写真がある」

「そうです。『誰も来ない』という羽山氏の証言と矛盾する」

「どういうこと？」

ウズマキさんが手を止めて、訝しげにこちらを見る。

「アレはどうなんですか、その読者の」

井出さんが訊いた。

「読者のアドレスですか？　消失しています。メールしても戻ってくる」

「湾沢くん、その羽山さんって人、メール使えるの？」

「全然だそうです。携帯もらくらくホンでした。お年寄り向けの、通話しかできないやつ」

「そんなの証拠になんないでしょ」

「いや……そうですけど」考えていると段々と苛立ちが込み上げた。「投書が羽山さんの自作自演だったとしたら、余計に悲惨な話になるじゃないですか。そこ解き明かして何が面白いんですか。それがジャーナリズムですか」

「誰もそんなこと」

「落ち着いてリクくん」

「でも」

「そう、落ち着いた方がいい。湾沢くんだけでなく私もね」

八坂さんが遮るように言った。タブレットに顔を近付け、離し、再び近付け、今度は画面を撫でる。動きはコミカルだが表情は真剣だった。

ややあって、彼は再び画面をこちらに見せた。映っているのはさっき見せてもらった、一階の廊下の画像だった。

「明度とコントラスト上げた?」

ウズマキさんが訊いた。言われてみれば確かにそうだ。

八坂さんはうなずくと画面に触れ、画像を拡大した。向かって左側の、手前の襖が大写しになる。カラフルな笑顔が並んだ襖。わずかに開いていて、畳張りの室内が見える。

八坂さんを除いた三人ともが、タブレットに顔を近付けていた。

「あ」

声を上げたのはウズマキさんだった。

「これ、人の顔？」

「どこですか？」

「襖の間。多分、畳に仰向けで寝てるの。こっちに頭向けて」

「……ほんとだ」

僕はそうつぶやいていた。ウズマキさんの言葉で、目に映るものが不意に像を結んだのだ。畳に広がる灰色の長い髪。広い額。高い鼻。落ち窪んだ目は閉じられている。この髪と顔は絶対に——

「羽山さんです、これ」

「そうよね。記事の写真と一緒だもん」

「むう」

井出さんが唸りながら顎を撫でる。八坂さんは全員を見回して、静かに言った。

「この写真は羽山氏が寝ている隙に、何者かに撮られたものです」

僕はうなずいて返す。

「他は何一つ分かりません。何者かと羽山氏との関係も、何者かの意図も。例えば『羽山邸に忍び込んだ泥棒がうちの熱心なファンだった』などという馬鹿げた仮説だって立てられる。なので現時点で言えるのはこれだけです——この画像には不審な点がある。以上」

八坂さんは唐突に話を打ち切った。その理由はすぐに分かった。

誰かのせいにしてはいけない。原因究明と責任逃れは違うのだ。当たり前のことだが、今の僕なら気を抜くと間違えてしまうだろう。今やるべきことはたくさんある。例えば——

編集部を出ると僕はスマホを手にした。

「本当に申し訳ない」

「いいすよ。陸男兄さんは悪くない」

練馬ねりは面倒臭そうに言った。六人部屋の一番奥、窓側のベッドで上体を起こしている。左手と左足全体がギプスで固定され、頭には包帯が巻かれている。痛むのか、ずっと顔をしかめたままだ。見ているだけで胸が張り裂けそうになった。

同日。久美沢町の隣町の総合病院に、僕と井出さんは面会に来ていた。午後四時を回ったところで、早くもオレンジがかった日の光が窓から差し込んでいる。

「でも、僕があんな記事書かなければ、こんなことには……ごめん」

僕は再び詫びた。

「だから謝んなくていいですって」

「できることなら何でもするよ」

「じゃあ酒買って来て下さい、缶酎ハイ。あ、ストロング系は邪道なんで駄目っす」

「いや、酒は一律でアレでしょ」

「どれすか？」

井出さんは何度か言い直そうとして上手く行かず、結局「酒はコレ」と両手で×印を作った。

「分かってますって……ええと、ごめんなさい」

「井出和真。リクくんの高校の先輩で、同業のアレ」

「地底アイドルの練馬です。あれ？　前にどっかでお会いしました？」

「去年ライブをリクくんと見せてもらった」

「あ、そうだそうだ。北千住《きたせんじゅ》のハコ」

「そう。俺は用事があったから途中でアレして、楽屋挨拶とかはアレだったけど。よかったよ、カニあんかけチャーハンの調理ライブ」

「それはどうも。すいません、いつもそんな喋り方なんすか？」

「ちょっと練馬さん」

「フフフ」

井出さんが控えめに笑った。気分を害してはいないらしい。

　練馬は無事な右手で頭を掻いた。頬が青白く、目も今までより白目がちに見えるが、よく考えてみれば素面の彼女に会うのは初めてで、こちらが本来の顔かもしれない。依存症ではなく無類の左党であることは何となく察していたけれど、今の様子を見る限り確定だろう。ただ酒を飲みたがっているだけで、禁断症状らしき言動は見受けられない。

　彼女は左手左足を骨折し、頭にちょっとした切り傷を負ったという。入院は一月少しになりそうで定義上は報道のとおり「重傷」だが、本人曰く「死にそうとかは全然ないっす」らしい。初芝輪廻は既に退院し、別の病院にいる篠原亜叉梨も命に別状はないそうだ。

　大事に至らなくてよかった。僕は胸を撫で下ろしたが、罪悪感は消えなかった。それに。

「練馬さん、あの日、何が起こったの」

「へ？　ニュース見てないんすか？」

　練馬はベッド脇の引き出し――床頭台《しょうとうだい》というらしい――に目を向けた。小さなテレビがアームで取り付けてある。僕は頭を振って、

「見たさ。でも、練馬さんの口から聞きたいというか、聞かなきゃ嘘だと思って」

　そうだ。僕は事故についてもっと知る必要がある。たとえあの事故の責任が全くなかったとしても、あの記事を書いた以上は。

　今日ここに来たのは彼女に謝るためだけではなかった。

「カッコつけてんすねえ、兄さん」

「本気だよ。知ることも含めてお詫び」

「へええ」

練馬は不審げに僕の顔を見ていたが、やがてふっと表情を弛めた。半分ほど起こしたベッドにもたれ、「いいすよ」と話し始める。

彼女が当日、初芝輪廻、篠原亜叉梨の三人で羽山邸を訪れたのは、午後二時のことだった。壁のアート、門の人形をひととおり鑑賞した後、「天国屋敷　そのままお入りください」と大きく書かれた、真新しいパネルの脇を通って門をくぐる。次いで地面に書かれた、チョークの矢印に従って庭を散策する。庭には十人ほどの先客がいた。

「ようこそおいでくださいました」

屋敷から小走りでやって来た羽山さんは、とても嬉しそうだったという。練馬たち三人は彼に屋敷を案内してもらった。彼の声は少しも不明瞭ではなかったという。訪れる客を案内しているうちに改善されたのだろう。屋敷のこと、自分の作品のことを語るのが、きっと楽しくなったのだろう。伝え聞くだけで胸が痛み、鼻の奥が痺れた。

展望台には大勢の人がいた。滝を撮る人、滝を背景に自分たちを撮る人。レジャーシートを敷いて酒盛りをする人も、端に陣取って絵を描く人もいた。

「今思うと……最初に展望台に上がった時、ミシッていったような気もするんすよね。あと微妙に揺れてたような気も。その時は気にならなかったすけど。ああでも、これ後付けで記憶が捏造《ねつぞう》されてるのかも」

展望台のマナーは自然と生まれていたらしく、撮影に適した位置に陣取っている人は誰もいなかった。練馬らは窓にほど近いスペースにシートを広げて乾杯し、機を見て滝を撮り、景観を眺めた。羽山さんは客にお茶菓子を振る舞ったり、屋敷に引っ込んだりした。おもてなしの合間に制作をしていたのだろう。

「で、展望台に一時間くらいいて、もっかい滝撮ろうって三人で柵のところまで行ったんすよ。そしたらミシッて音がして」

はっきりと板張りが揺れた、という。

展望台にいた全員が異変を察知し、雑談や笑い声が途絶えた、次の瞬間。メキメキと音を立てて、展望台が傾いた。

「わたしは輪廻先輩と亜叉梨先輩と一緒に滑り落ちて、地面に叩き付けられました」

悲鳴と泣き声を聞きながら、練馬は意識を失ったという。

ニュースによると展望台は一階の屋根でなく、広い裏庭に櫓《やぐら》を組み、その上に載せる形で建てられていたという。

杜撰《ずさん》な作りだった、いつ壊れてもおかしくなかった、と指摘する人もいるにはいたが、誰も現場には行っていないはずだ。羽山さんは相変わらずメディアとの接触を絶っている。

「で、目が覚めたらここにいました」

練馬は包帯の隙間に指を入れ、頭を掻いた。僕は状況を思い描き、胸を痛めていた。罪悪感が再び膨れあがり、息をするのもやっとだったが、大したことではない。被害者の人たちはもっと苦しかったのだ。目の前の自称・地底アイドルも。

「怪しい人はいなかった？」

唐突に井出さんが訊ねた。

「へ？　いや別に。怪しいといえばわたしが一番怪しかったんじゃないすか。甚兵衛にチャンチャンコの酔っ払いすよ」

「そういうアレじゃなくて、例えば倒壊する直前にアレした人とか」

「アレした人？」

「ええとね、アレっていうのは……」

「井出さんは『展望台を離れた人』のことを訊いてるんだよ。トイレなり、そのまま帰るなり」

「それ、どういうことすか？」

僕は読者からの画像について、簡単に説明した。送られてきた画像は奇妙だ、でも事故との因果関係があるかは分からない。僕も編集部も真相を究明しようとしているが、誰かのせいにするつもりでは決して――

「せいにする気まんまんじゃないすか」

練馬が声を荒らげた。

「ははあ、だからわたしに聞き取りやってんすね。かー、イヤな大人」

「そうじゃないよ、さっきも言ったとおり、僕は知らなきゃいけないから。責任逃れをしたいわけじゃなくて……」

「どうだか」

練馬は唇を尖らせ、そっぽを向いた。

「悪いね。俺が急ぎすぎた」

井出さんが詫びた。

気まずい沈黙が辺りに漂う。ベッドを仕切ったカーテンの向こうから、他の入院患者たちの談笑が聞こえていた。

「……まあ、気持ちは分からなくもないすけどね」

練馬が目を逸らしたまま言った。

「天国屋敷はよかったですよ。映えとかよく分かんないすけど、楽しく過ごしました。羽山のおじさんもいい人でしたし。陸男兄さんがみんなに知らせたくなるのも納得すよ」

「そうかな」

「記事もイイ感じでしたもんねえ。お屋敷のグルーヴが出てました」

「そう……かな」

「実際よかったよ。前もアレしたけど」井出さんが言った。「キュレーターの人も褒めてたし、俺もいいと思う。羽山さんのキャラも序盤でばっちりアレしてたし」

「ですかね」

「そうだよ。インターホン四回鳴らして、やっと出てきたのに声が小さすぎて会話がモタつくところとか」

「適当に書いたんじゃないのは素人でも分かります」

練馬が更にフォローを重ねる。

「そんな」

気遣いが嬉しく、同時に申し訳なく、僕はその場に立ち尽くした。井出さんはもちろん、練馬までどうして僕を庇うのか。罵倒してもいいのに。彼女にはその権利があるのに。

「練馬さん、本当に――」

「ちょっとちょっと」

カーテン越しに女性のダミ声がした。

「ねりちゃん、今ちょっといい？」

「何すかウメコさん」

カーテンが勢いよく開き、練馬と同じ病衣の、丸々と太った白髪の女性が現れた。小さな歩行補助器に身体を預けている。

「ねりちゃん、噂の天国屋敷で怪我したのよね？」

「ですよ」

「ニュースになってる。急展開。テレ朝」

「マジすか」

練馬は床頭台のテレビを点けた。夕方のニュース番組が映し出される。アナウンサーがちょうど喋り終わったところで、画面が見覚えのある門に切り替わる。人形たちは手足をもがれていた。門には「死ね」「人殺し」の文字がスプレーで殴り書きされている。

アナウンサーが再び話し始めた。

〈──繰り返します。通称・天国屋敷でバルコニーが倒壊した事故について、警察はバルコニーの土台である櫓の一部に、ノコギリのようなもので切断した跡があるのを発見しました。警察は何者かが、意図的にバルコニーを倒壊させるよう計画した可能性もあるとみて、捜査を──〉

画面下には「櫓の木材」「切断された痕跡」「計画的犯行か」といったテロップが控えめに、それでいて扇情的に躍っている。

僕は信じられない思いで画面を見つめていた。

心が掻き乱され、頭は混乱していた。

倒壊は計画的なものだったのか。犯人がいるのか。だとしたら誰が、何のために。

ぞわりと両腕に鳥肌がたった。

頭に浮かんだのは八坂さんに見せてもらった、屋敷の内観写真だった。

「ねりちゃん、これ大事じゃない？」

「そう、すね」

練馬はテレビを見たまま、うつろな声で答えた。

「わたしこれ、似たようなアーティストさんの嫉妬が動機だと思うの。そうじゃなかったら近所の頑固オヤジ。うるさいから堪忍袋の緒が切れて、みたいな」

ウメコさんは聞いたような推理を披露していたが、練馬は全く反応しない。

「ねえ、お兄さんはどう思う？」

「僕ですか？　いや、どうなんでしょう」

「……さん」

「えっ、なに？」

「陸男兄さん。お願いがあります」

練馬は僕をまっすぐ見て、こう言った。

「菓子と飲みもん、死ぬほど買ってきてください。今すぐ」

「え？」

「菓子は乾きもん、飲みもんは炭酸メインで。でも全部が全部それなのはナシです。新作と定番のバランスも考えてください。あとお握りとサンドイッチも。撮影とかやるんだったらツナギの配分は分かりますよね」

「練馬さん？」

「コンビニは出てすぐのとこにありますし、駅の方に十分くらい行ったらスーパーもあります。お任せします」

「練馬さん、あの」

「何でもするんじゃなかったんすか？」

ギロリと練馬が僕を睨《ね》め上げた。

「俺も行くよ、一人じゃアレだろうし」

「いえ、これは記事を書いた陸男兄さんのするべきことっす。さあ、早く」

練馬は右手で「あっちへ行け」の仕草をした。僕は一瞬迷って、病室を飛び出した。

三

「どういうつもりだったんでしょうね、あの買い出し命令」

「さあ」

僕と井出さんは病院から駅までの道を歩いていた。かつては商店街だったらしいシャッター街。街灯の光は弱々しく、すれ違う会社帰りの人々も影法師のように見える。僕は買い物に行ってからのことを思い出していた。

病院を出て四十分後。両手にレジ袋を抱えて病室に戻ると、練馬は「お疲れでーす」と事務的な口調で迎えた。床頭台の下にある冷蔵庫を指し、

「ジュース何本かこっちに。残りは給湯室の共同冷蔵庫に入れといてください。それぞれに名前書いて。『練馬』で通じます。食べ物はそこのカゴに突っ込んどいてください」

「俺もアレしようか」

「駄目っす」

有無を言わせぬ口調と表情だった。僕は彼女の指示どおりに動いた。それが終わると、彼女は「取材当日のこと全部教えてください、これも今すぐ。はい」と僕に命じた。

僕は覚えている限りのことを伝えた。その間、彼女は食べ物にもジュースにも一切手を付けなかった。夕食が配膳されて僕らが退室する時、彼女は最小限の挨拶をした以外はずっと考え込んでいる風だった。

事件が思わぬ展開を見せた矢先、練馬が不可解な注文をした。状況から考えて、この二つには明らかに関連がある。とりあえずそう考えて進まないことには、この混乱は収まりそうにない。

僕は隣を歩く井出さんに声をかけた。

「僕がいない間、二人で何の話してたんですか」

「世間話。あと向こうのアイドル活動のアレとか、こっちはライター稼業のアレとか」

「本当ですか」

僕は食い下がった。

あの買い出し命令は、練馬が飲み食いしたかったのではなく、僕を遠ざけるのが目的だったのではないか。井出さんと二人だけで話すために。理由は分からないが、そうとしか考えられない。病院を出てから今まで、井出さんが口数少ないのも怪しいといえば怪しい。

「天国屋敷の事故の話をしてたんじゃないですか。もう、事故じゃないかもしれませんけど」

僕は思い切って訊ねた。

井出さんはしばらく黙っていたが、やがて小さな溜息を吐いた。

「心当たりはあるかって訊かれて、いろいろアレしたよ」

「というと……」

「犯人もそうだけど、こういう事故をわざと起こす理由」

「こういうって」

「ただ変わり者の家を壊しました、って話じゃないでしょ。どう考えてもアレだよ。まず『アウターQ』に取材されるようアレしてる」

「投書のことですね」

「まあ、偶然とはアレしにくいよね」井出さんは高い鼻を擦って、「記事で注目させて、人が集まった頃合いを見計らってバルコニーをアレして、大勢を怪我させる……殺すつもりもあったのかもしれない」

「そんな遠回りな」

「練馬さんも言ってたけど、怪我させたり殺したりが最終目的じゃないのは分かる」

「じゃあ……」

「事故が起こって注目されるのは羽山さんと『アウターQ』だよ。人が死のうと死ぬまいと、絶対に」

「それが目的ってことですか、その——犯人の」

井出さんは答えなかった。いつの間にか、追いつくのがやっとなほどの早足になっている。暗い中でも表情が硬いのが分かる。

「……どうしたんですか」

「これは誰にもアレしないでね」

僕に視線を落として井出さんは言った。緊張を覚えながら「はい」と返すと、

「怪しい人が一人いるって、練馬さんには言ったよ」

「誰です？」

「八坂さん」

えっ、と僕は声を上げていた。

ややあって、井出さんが再び口を開いた。

「あの人が出版社にいたのは知ってるよね。最大手のアレで週刊誌を作ってたの。『Peepin'』って覚えてる?」

「ええ」

十年ほど前に休刊した、過激な路線が売りの写真週刊誌だ。何度か読んだことがあった。

「二十代でそこの編集長にまでなったんだから、相当なもんだよ」

「凄いですね」

「雑誌を売るためならあの人は何でもアレしたみたい。少年犯罪者の顔写真をアレしたり、変質者に殺された女の子の死体を載せたり。現場の風景写真を撮ったら偶然写ってた、粗大ゴミと見間違えたって、表向きはうっかりミスに見せかけてね」

中学の頃、テレビでそんなニュースを見た記憶がある。かなりの騒ぎになっていたのもぼんやり覚えている。たしか女の子の両親は抗議文を発表したはずだ。僕の両親も憤っていた。外道だ、鬼畜だとテレビ画面を罵倒していた。僕は想像するだけで恐ろしく、ネットで検索しようともしなかった。

あれが八坂さんの仕事だったなんて。

「八坂さんが出版社をアレした理由は定かじゃないけど、こんな噂がある——連続幼女殺人の容疑者の近所で、五歳になる自分の娘を毎日うろつかせたからだって。要は囮《おとり》に差し出したんだよ。新たな罪をアレさせて、その瞬間を撮って載せて売りまくるために。その所業が競合誌にバレそうになって、スッパ抜かれる前にアレしたんだって」

僕は目眩《めまい》を覚えていた。堅気には見えないと前から思っていたが、そこまで箍《たが》の外れた人だとは想像もしていなかった。

「本当ですか」

「だから噂だよ。あの人が辞めた時にちょうどその手の事件が世間を賑わしてたから、誰かが憶測でアレした作り話ってアレもある」

「そ、そうですよね」

「でもね、リクくん」

井出さんはピタリと立ち止まって、

「〈露死獣の呪文〉のこと、覚えてる？　アレ結局凍結されたけど、八坂さん、アレきっかけで昔の血が騒いだんじゃないかな。ゲスいネタをアレしたり、ゲスい手で注目をアレしたり、そういうのを『アウターQ』でもやりたくなったんじゃないかな。ここ何年かはユーチューバーが過激な動画バンバン公開して話題だし、対抗意識がアレしたのかも。あれ以降、ちょっとずつそういう路線の記事が増えた気もするんだよね」

僕は言葉を失った。

井出さんの推理は頭では信じられなかったけれど、心では納得できなくもなかった。思い出すのは守屋雫さんのことだった。彼女の死を悼んだ僕の記事は、結構な話題になった。守屋さんは轢き逃げされて亡くなった。犯人は未だに捕まっていない。

脳が別の記憶を勝手に引っ張り出す。

練馬ねりと知り合った、幡ヶ谷のライブハウスでの集団偽装殺人事件。

事件のニュースは翌日、大手ウェブマガジンで伝えられ世間を賑わした。「アイドルとドルオタの奇妙な共犯関係」などとテレビでも取り上げられた。

八坂さんにことの次第を伝えたのは事件の翌週だった。彼は酷く驚いていた。眉の辺りが激しく動いていたのを覚えている。

「湾沢くん、あの場にいたんですか」

「ええ」

「記事にする気はなかった、ということですね。アイドルの心情を慮《おもんぱか》ったわけだ」

「駄目ですよね。ライターとして」

「そうは言っていません。線引きは人それぞれですから」

口ぶりは冷静だったが、今思えば悔しがっていた気もする。

怪談に興味がないのに、怪談王子の連載を始めたのもそうだ。地域や事件を特定できる作風の彼を抜擢したのは、同じ理念によるものではないか。

ユリエさんみたいな企画に対する関心の無さは、その裏返しではないか。結果としてユリエさんの取材が人の命を救った時、彼は打って変わって嬉しそうだった。

人の生き死には簡単に注目される。

かつては発行部数を稼げた。今はPVを稼げる。つまり金になる。

だから記事で注目されたスポットで大事故を起こして、大勢を死傷させよう。生き死にを扱った炎上商法だ――八坂さんならそんな発想に至るかもしれない。至って実行するかもしれない。何でもやってくれる手下なら何人も抱えていそうだ。でも。

「……どうでしょう」

僕は結論を保留した。全部が伝聞と憶測だし、結論にも飛躍がある。それに損得の計算がまるで合っていないし、手口も杜撰だ。あの冷静な八坂さんがそんな手抜かりをするだろうか。そもそも投書の画像に不審な点があると言い出したのは、彼自身ではないか。

伝えると、井出さんは「練馬さんも『どうすかね』ってアレしてたよ」と微笑した。再び歩き出す。

「それが動機なら、最低でも一人は絶対現場にアレしてただろう、とも言ってたね」

「……ごめんなさい、今のは意味が」

「アレだよ」

井出さんはスマホを取り出し、レンズをこちらに向けた。

「そうか、動画撮影のための人員を潜入させてたってことですね」

「うん、やらない意味が分かんないっす、って」

たしかにそうだ。

事故の瞬間を撮った映像は、今のところ一点も出回っていない。このご時世、注目を集めるのに動画は必須だ。八坂さんがそんなイロハに気付かないわけがない。彼が犯人である確率がまた一段下がった。

「……というわけで、結果的に何のアレにもならない無駄話をしてました」

大きく両手を広げて、井出さんが言った。

ただ話を聞いていただけなのに、僕はすっかり疲れ果てていた。

八坂さんは違う。そう思ったはずなのに、心には疑心暗鬼の雲が広がっていた。簡単に飛び付くなといくら自分に言い聞かせても、雲はなかなか晴れなかった。

天国屋敷の「事故」は「事件」になった。少なくとも世間の空気はそっちに傾いていた。僕への中傷はピタリと止み、取引を終了した出版社のうち三社が、何事もなかったかのように僕に依頼をしてきた。そんなものだ、むしろ状況は好転している——そう考えるようにしたけれど、楽しい気分には少しもならなかった。

練馬ねりから電話があったのは、見舞いに行った翌週のことだった。

「天国屋敷、開いてましたよ。看板はなかったすけど」

「ちょっと待って、何で知ってんの？」

「行ったからに決まってるじゃないすか」

「何しに？　っていうか入院してるんじゃないの？」

「羽山のおじさんもだいぶやつれてましたけど、会話はなんとか。わたしと話すのもイヤそうじゃなかったし。なんで近日中に天国屋敷に集まってください」

「え？　ごめん、話が全然」

「今から言う人と一緒に、屋敷に集合してください。いろいろ分かったんで」

彼女は確信を込めて言った。

四

三日後、午後六時。

長い坂を上り、住宅街の角をいくつか曲がった先。

夕暮れの天国屋敷には重い空気が立ち込めていた。無残に落書きされた磨崖人形もペットボトル人形も、ところどころ塗装が剥がれて痛々しい。

僕のせいだ。何がどうなっていようと、この屋敷を世間に知らしめ、大勢の人と注目を集めたのは、他ならぬ僕なのだ。

「酷いですね」

口を開いたのは八坂さんだった。傍らで井出さんが渋い顔をしている。

「なるはやで掃除しましょう。わたしたちの仕事だもの」

ウズマキさんが悲しげに言った。彼女だけは練馬に呼ばれていなかったが、「真相を知りたい」と同席を希望したのだった。

込み上げる苦しみと悲しみを抑えながら、僕は落書きだらけの門をくぐった。

練馬が庭の入り口で待っていた。臙脂《えんじ》色の作務衣を着て青いサコッシュをタスキ掛けし、松葉杖《まつばづえ》を突いている。頭の包帯は取れていて、ボサボサの髪が生温い風になびいていた。

酒の臭いが鼻を突いた。サコッシュには酎ハイの缶が何本も突っ込まれている。

「練馬さん、飲んで大丈夫なの？」

「この方が冴えるんで」

「骨折、治ってないよね？」

「今それはいいっす」

ぴしゃりと言うと、練馬は酎ハイを一口飲んだ。

「おじさんは中で寝てます。あれ以来、睡眠時間がすごい増えてるみたいで」

「……そうなんだ」

心身のバランスを崩しているのだろう。これも間違いなく僕のせいだ。羽山さんはきっと僕を恨んでいる。何度か電話したが一度も繋がらなかった。

「まあ、ちょうどいいすけどね。改めまして松戸の地底アイドル、練馬ねりです」

挨拶を交わすと、練馬は庭へと歩き出した。松葉杖を器用に使って、人形の間をすり抜ける。僕たちはただ黙って彼女の後を追った。

柳の木のようなオブジェの麓《ふもと》で、練馬は立ち止まった。

「いろいろ分かった、とはどういうことですか」

最初にしびれを切らしたのは八坂さんだった。練馬は缶を傾けながら、

「いろいろっす。全部じゃない」

と曖昧に返す。眠たげな目で僕を見つめ、

「記事には書いてなかったすけど、陸男兄さんは取材当日、お屋敷に入る前にご近所さんに聞き込みをしたんすよね」

「う、うん。したよ」

「ご近所さんのおじさんに対する印象は、真っ二つに割れてました。変人だけど穏やかか、見るからにヤバそうで実際ケンカ腰のイヤな人か」

「だね」

僕は記憶と照合する。

「陸男兄さんはどうでした？　おじさんのこと、振れ幅が極端だなとか、気分屋だなとか思ったことあります？」

「いや……ないね。変人だけど穏やか、あとすごく優しくていい人」

直接会ったのは一度だけで後は電話でのやり取りだったが、彼の印象はその一つしかない。

「おかしいと思わないすか？」

「思わなくはないけど、正直、そういうこともあるかもなって」

「ああいう人だから？」

「そう、だね」

惨めな気持ちで僕は自分の偏見を認めた。

練馬は酎ハイの缶を握りしめて、

「そう思ってたの、兄さんだけじゃなかったんすよ。ご近所さん全員そんな調子でした。だから誰も気付かなかった。この家には羽山のおじさんの他にもう一人住んでるって」

「え？」

僕たちは顔を見合わせた。

練馬は唇を歪めて、

「まあ、今のはちょっと盛りましたけどね。実際は『出入りしてた』くらいすよ。おじさんも一人暮らしだって言ってましたし。ちょいちょいここに来て、おじさんの身の回りの世話をしてんでしょう。来るのは基本、おじさんが一日寝てる月曜と水曜。ついでに周囲にケン力売って、お屋敷に人が寄り付かないようにした。そして頃合いを見計らって、『アウターQ』編集部にこの家について投書した」

音を立てて酎ハイを飲み干し、新たな缶を開ける。

「なんでそんなこと……」ウズマキさんが呟《つぶや》く。

「陸男兄さんに記事にしてもらうためっす。プラス、兄さんが記事にするまで、ここを人に知られたら困るから」

八坂さんは顎を撫でていた。井出さんは口元を押さえている。どちらも無言で練馬を見つめていた。

「待って練馬さん」

「何すか」

「あの、納得しかけたんだけど、いくら何でも二人の人間を同一人物だって、間違えたりはしないんじゃないかな。僕もさすがに気付くと思うし……」

「それがそうでもないんすよ。二人は中身的には両極端すけど、見た目的に分かりやすい共通点が一つあった。だからご近所の井戸端会議や陸男兄さんの取材では、誰も別人だと気付かなかったんす」

「共通点？」

「背が高いことすよ」

練馬は酎ハイを一口飲むと、

「こないだお見舞いに来てくれた時、この屋敷の記事の話になりました。そん時『インター

「インターホン四回鳴らして』って言ってましたよね。それ、記事には一文字も書いてないんすよ。事実を知ってるのは陸男兄さんと羽山のおじさん、あとは二人から聞いた人だけ。で、誰から聞いて知ったんすか？　井出さん」

井出さんを見据えて言った。

周囲の人形より頭二つは大きい井出さんが、「いやいや」と苦笑いを浮かべた。

「俺はリクくんから聞いたよ。それこそ事故のニュースがアレしてた時。一緒に撮影してて、記事のアレになったのを覚えてる。ねえ、リクくん？」

「記事の話はしました。でも、インターホンの話はしたかどうか……いや、してないんじゃないですか」

「したよ。ほら、ウズマキさんからアレがかかってくる直前、岡さんがトイレにアレしてる時にさ」

「そんな記憶は全然」

「ごめんリクくん、大事なことだからアレして——」

「無駄っすよ」

練馬が遮るように言った。八坂さんとウズマキさんが訝しげに見守る中、

「今からご近所を回って訊きましょう。怒鳴られたとか睨み付けられたとかいう人たちにです。あなたが見た家主さんはこの人じゃないすかって。そしたら一発です」

井出さんの笑顔が固まった。

「バレても構わなかったんじゃないすか。それか……バレることも織り込み済みで、今回の計画を立てたか」

練馬の質問に、井出さんは答えなかった。傍らの人形の頭をポンと叩く。友達とのスキンシップを楽しむような、親しげな動作だった。

「ここにいる時はロン毛の、半分白髪のヅラを被るようにしていたよ。それだけ。それだけのことで、俺は誠太郎さんになりすませた」

人形の頭を撫でながら、練馬を正面から見返して、井出さんは言った。

「今回も前回もないよ。俺が立てたアレはコレ一つだけ。全てコレのために動いたの。リクくんにバラエティ番組をアレしたのも、一人前のライターになれるようずっと面倒をアレしてきたのも、そもそも失業したリクくんに声をかけたのも」

「えっ」僕が口にする前に練馬が言った。

「どうしてすか？　さすがにそれは分かりませんでした」

「何でだと思う？　リクくん」

突然の指名に戸惑いながらも必死で知恵を絞った。あらゆる記憶を思い返した。だがまるで見当がつかない。僕はすっかり取り乱していた。

井出さんの言ったことが事実なら、あまりにも壮大な計画だ。僕をライターに、それも知名度のあるライターにして今回の事件を引き起こすのに、どんな意味があるというのか。井出さんにどんなメリットがあるのか。

考えても何も分からなかった。

「だよね。どうせ全部アレなんでしょ」

井出さんが何を言っているのかも理解できなかった。

「ちょっと、ちょっと井出くん」ウズマキさんが狼狽えながら、「付いていけてなくて申し訳ないけど、全部認めたってこと？　編集部にメール送ったのも、櫓に傷入れて倒壊するように仕向けたのも、みんな井出くんなの？」

「ええ」

簡潔に井出さんは認めた。その顔はどこか清々《すがすが》しく、背筋もピンと伸びていた。

「じゃあ井出くん、その四回鳴らしたっていうのは……」

「誠太郎さんに直接アレしたんです。俺の従兄弟に。記事に書いてなかったの、すっかりアレしてましたね」

「そんな……おかしくない？　だってその羽山さんも巻き添えになってるのよ？　最悪、亡くなってたかもしれない」

「それでも構わないと思っていました」

ウズマキさんは絶句した。

「説明していただけませんか」

八坂さんが無表情で言った。両方の目の上が激しく痙攣《けいれん》していた。

「もちろん」

井出さんは屋敷の方を見た。いつの間にか奥の部屋に、ぼんやりと明かりが灯っている。

羽山さんが起きたらしい。

「八坂さん、アレ何だと思います？」

唐突に井出さんが訊いた。高く上げた指は練馬の向こう、巨大なオブジェを指している。

八坂さんは一瞬戸惑いの表情を浮かべたが、すぐ仏頂面に戻って答えた。

「何を象《かたど》っているか、という意味ですか？　木でしょう。もみの木か、柳か」

「いいえ」

井出さんは頭を振った。

「ウズマキさんは？」

「……巨大な女の人」

「違います。練馬さん」

「ロケット」

「ああ、なるほど、アレをアレだと見たわけだ。でも違います」

井出さんは両手を広げて、

「ここの人形たちは何をしてると思います？」

全員に訊ねた。

場が沈黙した。僕はすぐ近くの人形をまじまじと見つめた。表情は掴みづらいが、喜怒哀楽で言えば喜だろう。服装は色しか分からない。右手にはレジ袋が貼り付けられていた。傍らの子供らしき人形には団扇だ。そう、このどちらかが貼ってある人形は少なくない。全体の半分、いや三分の二くらいだろうか。手がかりはこれだ。これに違いない。

「オブジェとも関係あるのよね？」

「もちろん。全部で一つのアレです」

僕はオブジェを見上げる。脚立を組み上げた赤と黄の木に見える。でも木ではないらしい。あの幟がヒントか。それとも頂点の星か。

辺りは来た時より暗くなっていた。空には星が見える。東京とは思えないほど鮮明だ。月も今の季節はまだ輪郭がくっきりしている。これが夏になればもっと朧げに――

「まさか」

気付いた瞬間、僕は呟いていた。

井出さんが僕を見ている。口角は上がっているが笑っているわけではない。その証拠に目には怪しい光が灯っている。強く激しい、おそらくは——負の感情が。

その理由を理解できないまま、僕は答えた。

「は……花火ですか？　花火大会？」

「うん。でももう一声」

井出さんは言った。全員が庭を見回す。「花火、か……」と八坂さんが唸る。

あのオブジェは花火の「柳」だ。

人形たちは見物客だ。レジ袋は綿飴か、そうでなければ掬った金魚だ。

そして僕に関係ある花火大会と言えば——

「宇鯛市花火大会？」

「そのとおり」

井出さんは大きく頷いた。

整った顔に張り付いた表情。瞳の炎がますます激しく燃え盛っているのが、暗いのにはっきり見える。

心臓が早鐘のように鳴っていた。

あの日の歩道橋の熱気が、今また身体にまとわり付いた気がした。

五

練馬が小さく呻いて、僕は我に返った。慌てて彼女に走り寄り、近くにあったビールケースに座らせる。痛みに顔をしかめながら、練馬が言った。

「すみません、陸男兄さん」

「何が」

「調子に乗って推理とかしましたけど……ああ、ほんとやんなるなあ」

「だから何が」

「分からないすか？　いろいろぶっ壊れるんすよ、これから」

充血した目で僕を見る。彼女の言葉がすとんと腹に収まった瞬間、全身に悪寒が走った。

そうだ。壊れるのだ。終わるのだ。

井出さんの動機も羽山さんの素性も、この屋敷のアートが宇鯛市花火大会を基にしていることの意味も分からない。でも間違いなく、あとわずかでいろいろなものが終わってしまう。

その予感が刻一刻と強まっていた。

「宇鯛市花火大会って、二人が事故に遭ったやつよね？」

ウズマキさんが訊いた。

「二人だけじゃない。誠太郎さんもあの日あの時、歩道橋にアレしてました。仲間たちと一緒に」

井出さんは人形たちの間を歩き回っていた。

「誠太郎さんは正直ヤンチャな人でした。友達も。でもとてもいい人でした。俺も小さい頃からよく遊んでもらいました。花火の時もアレだった。帰り道ではぐれて、歩道橋でアレして。そしてアレが起こった」

群衆事故の苦痛を思い出した。

「誠太郎さんたちは軽い怪我で済みました。だからあの人たちは、真っ先に周りの人たちをアレしたんです。特に、下敷きになった子供を優先して」

羽山さんの顔を思い出した。あの人なら助けるだろう。だが、それがこの花火のアートとどう繋がるのだろう。現在の彼とどう関わってくるのだろう。

「多少手荒なアレもしたようですが、彼らのしたことは立派なアレでした。ですが事故から少しした頃、こんなニュースが出回りました――不良たちが事故の直後、騒ぎに乗じて暴れ、怪我人に暴力を振るっていた、という内容のニュースが」

「それって」

ドクンと心臓が跳ねた。

「ああ」

井出さんの端整な顔が歪んだ。

「リクくんが流したデマだよ。うち一人の見た目をはっきり証言していたのがまずかった。ピアスだらけの赤い髪の青年ってね。誠太郎さんは一瞬で特定されて、ネットでもリアルでも総攻撃を食らった。住んでた家は落書きされ窓ガラスを割られ、火まで点けられた。職場に怪文書やピザや寿司が毎日山のように届けられた。実家にも、俺の家にも被害は及んで、誠太郎さんは心を病んだ。何度も自殺未遂を繰り返した」

ゆっくりと僕に歩み寄り、

「首吊りから生還した時、誠太郎さんは壊れてた。ただ食事と排泄《はいせつ》をするだけの肉の塊になってた。そんな時だよ、リクくんがデマの出どころだって知ったのは。見舞いに行ったら自分からペラペラ喋ってたよ。覚えてるか知らないけど。その時俺は決めたんだ——こいつを絶対、同じような目に遭わせてやろうって」

憎々しげに言って、僕を見下ろした。

僕は呆然と彼を見返していた。

デマ。あの暴れる不良たちが、実際は暴れていなかった？　本当は人助けをしていた？　いや、そんなことは有り得ない。有り得ないに決まっている。いや、どうだろう。足元がまるで覚束ない。自分の記憶も。鮮明だ、克明だと思っていたあの日あの時の記憶が、今は酷く儚く感じる。

「それで僕を、この仕事に？」

「ああ」井出さんは僕のすぐ前に立った。

「僕にキャリアを積ませて、有名にして、それで……羽山さんを取材させた」

「そう。世間から集中砲火を浴びるようにね」

「そのために羽山さんに、絵とか、人形とかを」

「利用はしたよ。でも、これは本人が自分で始めたことさ」

井出さんは悲しげに目を伏せた。

「最初はリハビリの一環だった。おかげで最低限の社会生活は送れるようになったよ。自分が何を作っているかは、今も分からないみたいだけどね」

どうしてだろう。何かが変だ。違和感がある。憎しみを向けられていること以上に、おかしなことが起こっている。でも何かは分からない。

「苦しかったよ。本当に苦痛だった」

彼は髪を掻き毟ると、

「リクくんと普通に接するのはね。ただ話すだけで腸《はらわた》が煮えくり返って、気が変になりそうだったんだよ」

と言った。

突き放された気がした。胸にぽっかり穴が開いたような感覚に襲われる。

「……やっぱり」

練馬が歯を食い縛りながら言った。

「病院でも確かめたんすよ。井出さん普通に喋れるのに、陸男兄さんがいる時だけアレとかソレとか、妙な話し方になる。これは絶対何かあるって思いました」

「それを確かめてたのか」

井出さんが鼻を鳴らした。

「そうと分かってたら、八坂さん黒幕説なんてバカな話はしなかったのに」

八坂さんは何も言わなかった。

「……そうね、井出くん、たまに話し方が変だった。あれは湾沢くんがその場にいたから」

「ええ、でも今はもう、隠す必要もない」

ウズマキさんに笑みを見せる。

そうか、と僕はようやく合点した。違和感の正体に思い当たっていた。

さっきから井出さんが普通に話している。

癖ではなかったのだ。ずっと僕への憎しみを抑えながら喋っていたのだ。それこそ十五年前、僕が入院していた頃から。

「僕が仕事で凹んだ時、フォローしてくれたのは……」

「立派になってくれないと困るからだよ」

「今回の件で叩かれてた時、家にお見舞いに来てくれたのは」

「どれだけダメージ食らってるか見るためだよ」

「い、今は」

「とても満足さ。こんなに早く櫓の細工がバレるなんて思わなかったけど」

ぽつり、と鼻に何かが当たった。雨だ。雨粒が肌を打っている。

「最高の気分だよ」

井出さんが噛んで含めるように言った。

「長いことかかったからね。デマ記事を書いた記者連中はあらかた裁いて、リクくんが最後だったんだ。正直、もう見逃してやろうと思ったこともあったけど、諦めなくてよかったよ。誠太郎さんが展望台を作りたいって言い出した時、これは使えると思ったんだ。ちょうどリクくんが失業した時だ。あの時の直感を信じて本当によかった。欲を言えばこれでリクくんが叩かれてノイローゼになって、自ら命――」

ざっ、と地面を踏む音がして、井出さんは黙った。

羽山さんが庭の入り口に立っていた。以前より痩せたように見える。

「和真くん、いたんだ」

井出さんは答えなかった。

「練馬さん？　来てたの？」

「来てました」

「あ、湾沢くんもいる」

「……お久しぶりです」

「お久しぶり」

羽山さんは微笑し、屋敷を手で示した。

「中に入って。そちらのお二人——お客さんたちも。雨が降ってきた」

雨粒が大きくなり、数も増えている。顔を叩く感触で分かる。

「和真くん、どうしたの」

「……もう大丈夫なのか、誠太郎さん」

「うん。ごめんね、電話出なくて。あと閂《かんぬき》かけちゃってたね。いろいろ起こりすぎて、混乱しちゃってさ……」

さあさあ、と屋敷を指す。雨はますます強くなっている。

練馬を立たせ、僕は歩き出した。八坂さんも、ウズマキさんも人形の群れから出てくる。

「ねえ、和真くん」

突っ立っている井出さんを、羽山さんが呼んだ。

「また、お客さん来てくれるかな。展望台も今度は壊れないようにするし」

「…………」

「来てくれるよね。みんな滝を見たいはずだし。あと、何でか俺の、工作も見てくれるし」

「…………」

「ここにいると癒やされるって、前にお客さんが言ってたよ。あとさ、屋敷の絵を見て、みんなこうだったらいいのにって」

「羽山さん」

僕は思わず声をかけた。羽山さんの前に走って行って、両膝を突く。

「全部僕のせいです。本当に、本当に申し訳――」

「何のこと?」

羽山さんは笑った。

「ていうか何で謝るの? 立ってよ。湾沢くんが広めてくれなかったら、誰も来てくれなかったんだよ」

「いや、そこじゃなくて」

「え、じゃあどこ?」

「それは」

「無駄だよ、リクくん」

井出さんが沈んだ声で言った。

「昔のことはどうやっても思い出せない。だから全部、俺らの自己満足なんだよ。謝るのも、復讐《ふくしゅう》するのも」

「え、昔って？　復讐？」

羽山さんは首を傾げて、

「ボランティアさんが、どうして昔のこと知ってるの？　それに今日は金曜だよね？　どうして」

「いろいろあってね。俺は何も知らないよ。行こう」

井出さんが作り笑顔で言った。羽山さんと並んで、屋敷の方に歩き出す。大きな背中が涙でぼやけて見えた。雨音がはっきりと聞こえ、髪も服も濡れているのを感じる。傍らに気配を感じた。松葉杖を突いた練馬が、悲しい顔で僕を見下ろしていた。

羽山さんが井出さんに話しかけていた。

「ねえ、櫓を二つにするのはどうかな。小さな展望台が二つ並んでる形。そしたら耐久性も上がるんじゃないかな」

「どうだろう」

「人数制限もするよ。プラスで完全入れ替え制にして、待ち時間を減らそう」

「ああ」

「あと展望台にも絵を描こうと思って。でも景観を損ねるかなあ。和真くんはどう思う？」

「俺は――」

井出さんはがっくりとその場にくずおれた。両手で顔を押さえ、肩を震わせる。

ゴロゴロと雷の音が空から響いた。

雨はますます強く激しく、僕めがけて降り注いだ。

六

【タイトル】

友達の両親の「初恋の味」それぞれ再現して食べ比べてもらう
【リード】

ご好評につき第三弾をお送りします「友達のおかん」シリーズ。今回はちょっとスケールアップしておかん、おとんのご両人に参加していただきました。時の彼方に埋もれた思い出の味を、凄腕料理人、レトロマニアの力を借りて再現。果たしてどんな味なのか？

【本文】

湾沢です。おかげさまで「友達のおかん」シリーズ、反響をいただいております。早速行きましょう。今回の友達は第一回でも登場してくれた、ＳＥのヤマネ君です、こんにちは！

ヤマネ「おかんがやる気まんまんです。なんとかしてください」

任せて！

…………

※　※

記事を送って十五分。出かける支度を済ませたまさにその時、電話がかかってきた。ウズマキさんだった。凄まじい量の感想を語り始める。素直に嬉しいし、忙しい中でこの読み込みぶりは空恐ろしい。本当に頭が下がる。

「……何よりラストのご両親の、どうということのない会話が素晴らしいですね。創作では到達できないリアリティがあります」

「まあ、実際の会話そのままなんですけどね」

「ですが、少しもったいないですね。中盤の会話に似た言い回しがあるせいで、インパクトが薄れている気がします。どちらかをこっちで修正したいのですが……」

「しまった。すぐ直して再送します」

「そうですか。ではよろしく」

電話を切って僕はすぐさま記事を書き直した。他にも気になるところがいくつか見つかる。推敲《すいこう》はきちんとしたはずなのに、まだまだ足りないな。そう反省しながら修正を進める。

十分後、原稿を書き直して送信すると、僕は家を出た。夏の午後の熱気が顔を襲い、少し歩いただけで汗だくになる。

電車に乗ったタイミングでウズマキさんから「こちらアップします。おつかれさまでした。次の記事も楽しみにしています」と、簡潔なメッセージが届いた。

井出さんが警察に自首したのは、羽山邸で全てを明かした翌日のことだった。

だが、井出さんの逮捕は小さく報道されただけで、大きな話題にはならなかった。メディアの大半はお笑い芸人の闇営業問題を大々的に取り上げていて、いちウェブライターの犯罪には何の関心も示さなかったのだ。事件について独自調査する、ネットの有志もいなかった。

一連の事件は既に飽きられた、ということらしい。

僕はライター業を続けた。井出さんが抜けた穴を埋めたりもした。でも「何食わぬ顔で」続けるのはさすがに難しかった。

この仕事を始めるずっと前から、僕は罪を犯していたのだ。

見て聞いて、伝えることに関する、とても大きな罪を。

仕事の合間に、僕は今までの仕事の「その後」を調べた。

〈露死獣〉の小野夫人はどこかに越してしまい、連絡先も分からない。

霊が見える店主の営むハンバーガー屋は、僕が記事にしたことで客が増えた。でも冷やかし客と店主との間で何度も諍《いさか》いが起こったらしく、今は「当分の間お休みさせていただきます」と表に張り紙がしてある。

記事にしようと変わらない人々もいる。というより割合でいえばそちらの方が多い。でも、そんな統計の結果を見たところで安心はできなかった。以前ネットの配信番組で見た、怪談王子のことを思い出す。怪談で死者を悼む人について、彼が語った言葉を。

ゼロでない以上、語れば語るほどその数は増える。

僕の仕事も同じことだ。

伝えれば伝えるほど、傷付く人は増えるのだ。どれほど平和的な題材を選び、優しい記事にしても、それは避けられない。

三日前、井出さんの公判の帰りでのことだ。八坂さんと話していたら、いつの間にかそんな話題になっていた。彼は「そうですね」と無表情で答えた。

「私も出版社に勤めてすぐ気付きました。そして開き直った。どう取り繕っても傷付けるなら、端《はな》から傷付ける気で広めてやろうと」

「『Peepin'』ですか」

「そう。売れましたよ。でも売れただけです」

答えに窮していると、彼は遠くを見て言った。

「今は心境が変わりました。どうせ傷付けるなら好きな路線をやろう。友達が適当に作ったインスタントラーメンを食べるとか、レトルトカレーの比較対照とか、そんなささやかな記事を配信しよう。そう考えています」

「好きなんですか」

「もちろん……今『その顔で？』と思いましたね？」

「いえ、全然」

　僕は嘘を吐いた。


　屋敷の門は半分開いていた。人形たちは半分近くが補修され、塗り直されている。羽山さんの仕事だ。僕たちの責任だ、僕らにやらせてくれと何度申し出ても、「絶対に後で直す羽目になるから」と譲らなかった。

　土間で靴を脱いで上がり込む。いつも寝ているから全く問題ないはずだが、今日は起きているらしい。煮魚の匂いが廊下を漂っていた。

　台所にいたのは練馬ねりだった。ハイボールの缶を片手に、鍋の魚に煮汁をかけている。こちらに気付いて「ちわーす」とやる気のない声で言う。

「……ええと、ごめん。なんでここに」

「家のコンロが調子悪くて。ライブの練習す。十五分で和膳」

「できるの?」

「だから練習すよ」

「羽山さんは?」

「上で寝てます。後でこれ、羽山さんと毒味してもらえますか」

「もちろん」

練馬は再び鍋に取りかかった。

二階に上がると大欠伸《おおあくび》が聞こえた。一番奥——かつて展望台と繋がっていた座敷の真ん中で、羽山さんが身体を起こしていた。畳にはシートが敷かれ、あちこちにペンキ缶と刷毛が転がっている。

「お疲れ様です。珍しくお目覚めですね」

「ああ、うん。いい匂いがするから」

「練馬さんです」

「ああ、来てくれたんだ。おもてなししなきゃ」

立ち上がろうとしてよろけ、その場にごろりと転がる。

「駄目だ、まだ回復してない」

「寝ててください」

「いつもの?」

「ええ」

「そっか。物好きだね。じゃあよろしく」

おやすみなさい、と声を掛けた時には、彼は既に寝息を立てていた。

僕はカメラを取り出し、制作途中の壁の絵を撮影した。一昨日来た時に描いていた赤い笑顔の上に、今日は黄緑の笑顔が塗り重ねられていた。

撮り終わるとすぐノートパソコンにコピーし、簡単なメモを取る。過去のメモを開き、ざっと眺める。

羽山さんの身の回りの世話をすること、制作を記録することを思い立ったのは、井出さんが自首した日の夜だった。どちらもそうしないではいられなかった。

彼の制作した絵と人形とオブジェと、この屋敷。

あの展望台。そして僕の罪。

いつかすべて写真と文字にして、世に出すつもりでいる。きっとネットで発表することになるだろう。膨大な量になるから、どこかに持ち込むより、自分で出した方がいい。今ならnoteが妥当だろうか。近いうちに試験的に発表してみてもいいかもしれない。

これが罪滅ぼしになるとは少しも思っていないけれど、今の僕がするべきことだ。

無数の笑顔に囲まれ、羽山さんの寝息を背後に聞きながら、僕はキーを打ち続けた。

解説――著者初の「ミステリー」連作短編集　〜澤村伊智を読むということ〜

阿津川辰海《あつかわたつみ》（小説家）

ミステリー好きが今、何を措《お》いても読むべきホラー作家。その筆頭が澤村伊智だ。

こう書くと、作者本人からは嫌がられるかもしれない。若林踏《わかばやしふみ》編『新世代ミステリ作家探訪』において、澤村は「私はミステリ作家ではないし、ホラー作家でもないかな。そう言っておかないと、ジャンルに寄りかかって怠けてしまいそうなので。」と、自分のスタンスについて語っているからだ。各ジャンルと絶妙に距離を取りながら、持ち前の批評眼によって、各ジャンルのファンが無自覚に崇《あが》めている対象やお約束を抉《えぐ》り出して行く作者にとって、ミステリーだ、ホラーだという区分けは無意味に映ることだろう。

しかし、この解説ではあえて、著者の作品が「ホラーミステリー」として評価されてきた文脈を捉えながら、著者がこれまでの作品で「ミステリー」の骨法を巧妙に組み込んできたことを振り返り、そのうえで、祥伝社から単行本が刊行された時「新感覚ミステリー」という帯を巻かれた本書、『アウターQ　弱小Ｗｅｂマガジンの事件簿』の特異性と面白さを考えたい。

　澤村作品には、ミステリーの技巧を取り込んだ作品が数多くある。『予言の島』のように、明瞭に「横溝《よこみぞ》的な」「京極《きょうごく》的な」世界観を擦《こす》るようにモチーフにした作品から、オチのところまで辿り着いて初めて「これミステリーじゃん！」と気付く作品まで（それがどの作品かを言うと、読者の興を削《そ》ぐのでタイトルは挙げない）。二〇一九年には、著者の代表シリーズである〈比嘉《ひが》姉妹〉シリーズの一編である「学校は死の匂い」（『などらきの首』収録）が第七十二回日本推理作家協会賞（短編部門）を受賞しているし、二〇二〇年に発表された『うるはしみにくし　あなたのともだち』では、「人を醜く（美しく）するおまじない」を扱った、学校というクローズドサークル内での犯人探しが描かれている。そもそも、デビュー作『ぼぎわんが、来る』と二作目『ずうのめ人形』からして、ホラーのみならず、ミステリーとしても唸《うな》る構成を備えた傑作だった。その批評眼はミステリープロパーの書き手よりも鋭く、澤村作品を読むと、自分がいかにジャンルの不文律に乗っかっているかを自覚させられて、頰を張られたような気分になる。

　先に言及した『新世代ミステリ作家探訪』でも、澤村は尊敬する作家として殊能将之《しゅのうまさゆき》、三《み》津田信三《つだしんぞう》の二氏を挙げ、土屋隆夫《つちやたかお》、都筑道夫《つづきみちお》、北村薫《きたむらかおる》、法月綸太郎《のりづきりんたろう》、貴志祐介《きしゆうすけ》、マイケル・スレイドらに言及している。その他にも、前述した『予言の島』では、横溝正史《せいし》『獄門島』

や土屋隆夫『天狗の面』を引用しているし、短編集『怪談小説という名の小説怪談』のタイトルは、都筑道夫『怪奇小説という題名の怪奇小説』をもじっているだけでなく、収録作「涸れ井戸の声」で、泡坂妻夫《あわさかつまお》『乱れからくり』にさらっと触れている。こうした過去作への言及は、本格ミステリープロパーの作者だと、マニアへの目配せとして置かれることがあるが、澤村作品にはそうした下心めいたところが感じられない。

　澤村作品において、ホラーとミステリーは、極めて近しい距離にありながら、強い緊張感をもって共存している。そういう意味で、ホラーの技巧を取り入れ、「怪談」というテーマを扱った短編が収録されているのは確かだが、それでも「ミステリー」としての軸足に強く寄りかかった『アウターQ』は、かなり特徴的な作品と言える。

『アウターQ』は全七編からなる連作短編集となっている。タイトルの「アウターQ」とは、作中に登場するウェブマガジン媒体の名前であり、参考文献の一つとなっている「デイリーポータルZ」の名前を彷彿とさせる。連作という趣向上、最終話についてはほとんど言及出来ることがないが、なるべく一編一編を丁寧に繙《ひもと》いてみたい。

　一編目「笑う露死獣」（初出『小説NON』二〇一七年四月号）では、主人公である湾沢陸男が小学生時代に見た、パンダ公園の遊具に書かれた漢字だらけの落書きの謎を追う。この題材選択がまさに、日常の中の、本来ならどうでもいいと思うような話題を深堀りする、という現代のウェブマガジンらしい視点だろう。誰も傷つけないはずの日常ネタが、行き着く先は一体どこか。

二編目「歌うハンバーガー」（初出『小説ＮＯＮ』二〇一七年十一月号）は女子フードライターである守屋雫が主人公。摂食障害を患ってしまった雫だが、「アウターＱ」の八坂編集長に原稿を依頼され、再起を図る。彼女が訪れた、一風変わったハンバーガー屋の描写も面白く、構成の妙が光る一編である。解説者は本書中でこれが最もお気に入りだ。

三編目「飛ぶストーカーと叫ぶアイドル」（初出『小説ＮＯＮ』二〇一九年一月号）では、ストーカーに襲われ一度芸能界を去っていたアイドル、餅田阿闍梨が、二年ぶりに復活するライブを描いている。豪気なトリックと、本編からこの連作の「裏回し」的な立場になる地下アイドル・練馬ねりの登場が見所。ねりはミステリーマニアのようで、本編や四編目において、作品の裏テーマを最後にぽろっと明かしてくれる。なお、本編では文庫化に際し、事件関係者の動きとそれぞれの行動の動機が整理され、推理が精緻化されている。

四編目「目覚める死者たち」（単行本刊行時に書き下ろし）は、実話怪談にまつわる一編だ。湾沢と、その高校時代からの先輩である井出との思い出が描かれる。二人が高校時代に遭遇した宇鯛市の花火大会における群衆事故、それは重軽傷者百七十二人、死者二十五人を記録する大事故だった。その現場を舞台に、怪談王子こと南田北斗は怪談を語る。実在事件と怪談との距離が興味深い一編だ。

五編目「見つめるユリエさん」(初出『小説NON』二〇一八年五月号)は、語り手が「お前」と呼びかける二人称小説の形式を取った短編である。ここでいう「お前」とは作中の井出のことであり、井出に対して、五編目の主人公である浅野将太が語り掛ける、という構成を取っている。夢の中の絵が現実に現れ、そのモデルを探すことになる……というメビウスの環めいたストーリーだ。着地が鮮やかな一編で、二人称小説の効果も絶妙に発揮されている。

六編目「映える天国屋敷」(単行本刊行時に書き下ろし)では、様々なアートやオブジェを自作しながら、滝の見える展望台を家に作った羽山誠太郎という男が登場する。奇妙な屋敷の中に迷い込んでしまった湾沢が辿る顚末は。ここまできたら、最終話「涙する地獄屋敷」(単行本刊行時に書き下ろし)まで読む手を止めることはできないだろう。

最後に、本書全体のテーマについて総括しておきたい。本書は、ウェブマガジンという媒体をテーマに選んだことからも分かる通り、「伝える」ことの責任と難しさ、という主題が全編を覆っている。私たちは常日頃、多くのソーシャル・メディアに触れ、それを消費しながら過ごしている。だからこそ日々目にする情報に麻痺している面もあるが、フェイク・ニュースや個人の悪質なデマが簡単に世に出回るのを見ると、薄ら寒いような思いもする。澤村伊智の小説を読むのが怖いのは、ひとえに超自然的存在や恐怖の描き方が巧みなゆえであるが、それだけでなく、登場人物たちの言動を通して、自分も心の底に抱えている、澱《おり》のような淀みを直視させられるからではないかと思う。『うるはしみにくし　あなたのともだち』や「鏡」（『ぜんしゅの跫《あしおと》』収録）ではルッキズムを抉り、「翼の折れた金魚」（『ファミリーランド』収録）では差別意識を抉り、『予言の島』や『ばくうどの悪夢』では、土俗ホラーや田舎を舞台にしたミステリーを摂取するマニアの無邪気さを抉った。無自覚に、無頓着に、自分も抱えているそうした心のクセを、澤村伊智の筆は容赦なく炙《あぶ》り出してしまう。

だから、この『アウターQ』を読んで茫然としてしまうのは、ここに描かれているのが、日々何気なくソーシャル・メディアを漁り、会社の昼休みや通勤電車内でウェブマガジンのネタを消費するような、ある意味で等身大の私たちの姿だからだ。いかに伝えるかを日夜考えているライターたちの体験が、一人安全地帯にいるつもりでいる私たちの足場を脅かすからだ。澤村はここで、ミステリーにおける〈推理―解決〉の構図を巧妙に取り入れることで、その恐怖を紡ぎ出したのである。最後の推理の切れ味は、実に容赦がない。

澤村伊智の小説を読むことは、恐ろしい。しかし、この恐ろしさに向き合う時間は、何物にも代え難い。

（令和五年四月）

〈参考文献〉

「デイリーポータルZ」（https://dailyportalz.jp/）
「R-ZONE」（https://r-zone.me/）
「ピコピコカルチャージャパン」（http://pico2culture.jp/）
姫乃たま『職業としての地下アイドル』（朝日新書）
パリッコ『つつまし酒　懐と心にやさしい46の飲み方』（光文社新書）
パリッコ／スズキナオ『〝よむ〟お酒』（イースト・プレス）
スズキナオ『深夜高速バスに100回ぐらい乗ってわかったこと』（スタンド・ブックス）
松原タニシ『事故物件怪談　恐い間取り』（二見書房）
浜田廣介「ないた　あかおに」（小学館『ひろすけ童話―1　オールカラー版世界の童話　34』収録）
櫛野展正『アウトサイド・ジャパン　日本のアウトサイダー・アート』（イースト・プレス）